【朗報】
俺の許嫁になった地味子、家では可愛いしかない。4
男子の部屋に入るのって、ドキドキする……！
綿苗結花（学校）
【わたなえ・ゆうか】
地味で目立たない同級生女子。
修学旅行の旅館で遊一に
会うため、勇気を出して
ノックの直前！

沖縄で、海デート！
綿苗結花（家）
遊一のことが大好きな許嫁！少人数でビーチに遊びにいって……可愛い水着で海を満喫！

遊くん。
ドキドキ
ちゃんと、私のことを……
見てる？

ライブのために
ダイエットを名目に
激しい運動、やってみたら？

いっしょに
エクササイズ！
うちの姉さん、
何を着ても可愛すぎ！

露天風呂の壁越しに……

修学旅行の夜。

貸し切ってる旅館の露天風呂に、俺は来ていた。

クラスごとに入浴時間は決まってたんだけど、入り直したい人は20時から21時までなら、自由に露天風呂を使っていいことになってる。

まぁ男子はみんな、露天風呂より遊びに夢中だから……男湯には俺しかいないけどね。

マサも部屋で、ずっと『アリステ』のガチャ回してるし。

「ふぅ……いい湯だなぁ」

「――佐方くん？」

一人風呂を満喫していたら、仕切りの向こうから急に、クールな声色で名前を呼ばれた。

あれ？　今の声って……。

「綿苗さん？」

「……そうだけど、何？」

やっぱり、結花だった。

ただし、学校仕様のお堅いバージョンだけど。

「佐方くん。女湯に向かって気安く声を掛けて……けだものね」

「いやいや、綿苗さんから話し掛けてきたよね？　そっちは一人なの、綿苗さん？」

「一人だけど？　それで？　何かいやらしいことでも――」

「俺も一人なんだけど」

「……きゃー、遊くーん!!　えへへっ、お風呂で偶然一緒なんて、運命じゃんよー」

テンションの落差がひどいな。

どちらも一人きりだと分かった途端、瞬時に切り替わった結花に、俺は思わず笑ってしまう。

「遊くんだー♪　うっれしいなー♪」

パシャパシャッと、お湯を弾く音が聞こえてきた。

その音に、俺は思わず――仕切りの向こうの結花を想像してしまう。

バスタオルしか隠すものがない、あられもない格好のまま。

露天風呂の縁に腰掛けて、沖縄の夜空の下で笑う……刺激の強すぎる結花を。

「……ねぇ、遊くん？」

「は、はい!?」

そんな妄想をしてた俺に対して、結花が甘えたような口調で……言った。

「んっとね……もうちょっと、私に勇気が出てからだけどね？　二人で一緒に混浴できたら、すっごく楽しそうだよね！」

――なんという男殺しのセリフを吐くんだ、この子は。

呆れたふりをして、わざとらしくため息を漏らしてみせるけど。

本当は……めちゃくちゃドキッとさせられたのは、ここだけの秘密だ。

初めてのライブに
願いを込めて……
綿苗結花（声優）
遊一の推しキャラを演じる声優
「和泉ゆうな」。
ウィッグを被って変身する前に、
今日のライブの成功を誓う！

【朗報】俺の許嫁になった地味子、家では可愛いしかない。4

氷高 悠

ファンタジア文庫

3160

口絵・本文イラスト　たん旦

c o n t e n t s

第1話　【雑談】疲れを癒やすために、許嫁《いいなずけ》にマッサージをした結果……

色んなことのあった文化祭が終わって。

ドッと疲れが出たのかな……翌日、俺が目を覚ましたのは、朝というより昼に近い時間帯だった。

眠い目をこすりつつ、上体を起こす。

あれ……結花《ゆうか》がいない。隣で寝てたはずなのに。

もう起きてんの？　俺以上に疲れてたのに、やけに早起きだな。

ぼんやりそんなことを考えつつ、俺は階段をおりてリビングに移動した。

そこには――。


「ぐうう……いーたーいーよー……」

ソファにぐてーっとうつ伏せて、捌《さば》かれる前の魚みたいになってる、俺の許嫁――綿苗《わたなえ》結花の姿があった。

いつもの部屋着のまま、ぱたりと倒れ込んでるもんだから、ソファには結花の黒くて艶《つや》やかなロングヘアがふぁさっと広がってる。

「ど、どうしたの、結花？　そんなぐったりして」

「あ、遊《ゆう》くんだぁ……えへへっ。おっはよー」

俺の存在に気付くと同時に、にへらと無邪気に笑う結花。

眼鏡を外してる結花は垂れ目がちで、その瞳はキラキラと水晶玉みたいに輝いてる。

そんな、あどけないという表現がぴったりな結花の笑顔は——俺の愛する推し、『アリステ』のゆうなちゃんにそっくり。

あれかな。ゲームキャラって、演じる人間に似るのかな？

もしくは演じる側が、ゲームキャラに似てくるんだろうか。

どっちにしたって、気恥ずかしいことには変わりないので……俺はさっと結花から顔を背ける。

「うにゃー……いーたーいーよー……」

そんな俺のそばで、結花がなんか小さく悲鳴を上げた。

「遊くん、平気なの？　昨日あんなに文化祭で、いっぱい接客したのにぃ……私はもう、全身が筋肉痛だよぉ……」

「いや、だるいはだるいけど。さすがに、結花ほどじゃないかな……」

今の結花、筋肉痛っていうか、大怪我《けが》を負った人みたいだし。

そんな感じで、ちょっと筋肉痛気味な俺と、動けないほどにぐったりしてる結花。

……って、あれ？

「そういえば那由《なゆ》と勇海《いさみ》は？　まだ寝てんの？」

佐方《さかた》那由――親父《おやじ》の仕事の都合で海外生活を送ってる、俺の妹。

結花にめちゃくちゃ懐《なつ》いてるのはいいことなんだけど、兄に対しては辛辣で暴言がひどい、困った実妹。

綿苗勇海――イケメン男装コスプレイヤーとして活動してる、結花の妹。

結花のことが大好きなのに、過保護すぎて結花を子ども扱いするもんだから、怒られて凹《へこ》むまでがテンプレになってる、残念な義妹。

そんな二人は、昨日の文化祭を観《み》に来《き》た流れで、そのままうちに泊まってる。

俺と結花が文化祭の片付けを終えて帰ってきたら、二人とも一時間も経《た》たずに、揃《そろ》ってリビングで寝落ちてたけど。

「んー。私が起きた頃には、二人ともいなかったなぁ……今日には二人とも帰っちゃうし、一緒に観光してるとか？」

「あの二人が一緒に出掛けるとか、ありえないでしょ……勇海の心が折られるって」

「えへー。確かにー」

ぐてーっとしたまま、結花が答える。

そして、やたらとにこにこした笑顔を向けて。

「でも、二人がいないと……遊くんと私で、二人っきりだねー」

「……う、うん……」

疲れてるせいかな……なんかいつもより結花、隙だらけな気がする。

いや、いつも無防備は無防備なんだけどね、うちの許嫁は。

とはいえ、こんなにくったりしてるのに、無邪気に笑って甘えた声を出してくるのは――反則だと思う。色々と。

こっちも疲労が溜《た》まってるから、うっかりすると理性がノックアウトされそうで……意識を全力全開に保たないと。

「ねぇ……遊くん」

そんな決意を固めてるそばから。

結花がとろんとした目をして――囁《ささや》いてきた。

「遊くんって……マッサージ、上手だったりする？」

「…………はい？」

なんか唐突に、結花が変な質問をぶん投げてきた。

「別に上手《うま》くはないと思うけど。那由相手によくやってたから、まぁ……慣れてないわけじゃない、かな？」

「えー。いいなぁ、那由ちゃんー。ぶー」

なんか頬を膨らませはじめた。

いやいや。そんな恨めしそうに見られても。

那由が「は？　妹が疲れてんのに、肩揉《も》まないの？　やば、全妹からクレーム殺到だわ。マジで」とか因縁つけてくるのが面倒で、しぶしぶやってただけだからね？

「じゃあ、遊くん。罰としてー、私にもマッサージしてくださーい」

「なんの罰!?　今の流れで、俺はなんの罪に問われるの!?」

「羨まし罪でーす。目には目を、歯には歯を、マッサージにはマッサージを。というわけで、早く早くー。罪をつぐなえー」

まったく。今日の甘え方は、いつにも増して過剰だな。

文化祭疲れの反動で、普段より甘えっ子っぷりがエスカレートしてるのかも。

まぁ確かに——文化祭での結花は、本当に頑張ってたと思う。

中学生の頃、友達関係の不調があって、長い間……不登校だった結花。

そんな彼女にとって、学校の一大イベントである文化祭のハードルは、俺が想像する以上に高かったんだろう。

だけど……結花は、そんな過去を乗り越えて。

最後までコスプレカフェで、精一杯の接客をしたんだ。

陽キャの人たちからすれば、『普通』なことしかしてなくない？　って、思われるのかもだけど。

『普通』なんかじゃなかった。

本当に——本当に、結花は頑張ってたんだ。

それが分かってるからこそ……。

「……はいはい。ちょっとだけだからね？」

俺はそのめちゃくちゃな甘えに、応じることにする。

だって、あんなに頑張った結花にご褒美《ほうび》がないとか——違うと思うから。

そんな俺の回答が意外だったのか、結花は頬を真っ赤に染めて、もじもじしはじめる。

「……え？　ほ、ほんとに⁉　え、あ……は、恥ずかしい……け、けど、嬉《うれ》しすぎること
なので！　お、お願いします……っ」

——えっと。

そんな反応されたら、こっちまで恥ずかしくなるんだけど？

◆

「ん……あ、そこ……」

「…………」

「あう……気持ち……いぃ……」

「…………」

「はうぅ……こんなの、初めてだよぉ……」

「よし。取りあえず、喋《しゃべ》るの禁止にしようか結花？」

「なんで⁉」

本気でびっくりした顔で、結花がこちらを振り返る。

いや、なんでって。

発言だけ切り取られたら、裁判で負けそうだからだよ。ネットに晒《さら》されたら社会的に死ぬタイプのやつ。

ソファにうつ伏せになった結花にまたがって、その肩に手を乗せた格好の俺。

もちろん、やましいことなんて一切してない。絶対に。

ただただ、結花のリクエストに応じて、マッサージをしてるだけ。

それなのに、結花が変な声ばっか出すもんだから……マッサージではない『何か』みたいに聞こえるんだって。何とは言わないけど。

「だ、だって！　遊くんのが気持ちいーから、つい声が出ちゃうんじゃんよ……遊くんの、ばーか。遊くんの、てくにしゃん」

「やめて⁉　マッサージの話だよね⁉　ちょっと考えてから発言しようか⁉」

人聞きの悪さが尋常じゃない。

自分の発言のやばさが分かってるんだか分かってないんだか……結花は「はーい」と、唇を尖《とが》らせつつ返事をした。

そして上体を起こすと、にへっとした笑顔のまま俺を見て。

「遊くん、ありがとうっ！　遊くんのおかげで、ちょっときもちくなった‼　でも、まだちょっと肩が痛いから……湿布を貼っておこっかなー」

「ああ。湿布だったら、確か――」

俺はすぐに立ち上がると、棚に入ってた湿布を持ってきた。

そして結花に手渡そうとしたんだけど……結花はなぜか、手を後ろに回して拒否。

「……えっと？」

「あーあー。なんだか手が、なくなっちゃったなぁー。これはもう、誰かに貼ってもらうしかないかもー」

「手がなくなったんなら病院行こうよ……大怪我だよ、それ……」

「じゃあ、手はある！　ありますけどー……うわー、なんだか重たいよー。私の手にだけ、凄《すさ》まじい重力がー。うわー、湿布が貼れないよー」

現役声優とは思えないほど、棒読み演技全開で意味不明なシナリオを展開する結花。

そんな無軌道な結花に、呆《あき》れちゃうけど……。

「はいはい、分かったよ……どこに貼ってほしいの？」

「えへへっ。ありがと遊くん、優しいっ！」

まったく、調子がいいんだから。

無邪気に笑ってる、天然な許嫁《いいなずけ》・綿苗結花。

その姿は、やっぱりどこか――彼女が演じる俺の推しキャラ・ゆうなちゃんとかぶる。


結婚に夢を見なくなったのは、親父が母さんと離婚してから。

二次元しか愛さないと決めたのは、中三の冬に手痛くフられて、クラス中で死ぬほどネタにされてから。


結花の抱えてきたトラウマに比べたら、我ながら些細《ささい》な悩みだなって思うけど……それでもやっぱり、俺にとって過去の影響は大きくて。

今までずっと、ネガティブな感情を抱いて生きてきたんだ。

だけど――結花と過ごす、この毎日は。

そんな悩みが馬鹿らしくなるほど……なんだか愉快で温かくて、退屈しないんだよな。


「じゃあ、遊くん！　お願いしまーす‼」

「って、笑顔でなんて格好してんの⁉」

「そ、そんなこと言われたら恥ずかしいじゃんよ！　仕方ないじゃん、こうしないと……湿布貼れないんだもん」

なんで唇を尖らせてんの？

注意されるようなことしてるのは、そっちだからね？

だって結花——ワンピースの肩のところを外して、白くてすべすべした肌を露出させながら、こっちを向いてるんだもの。

ほっそりとした首筋。艶《なま》めかしい鎖骨。

そして、ずらした服の端から覗《のぞ》く——ピンク色の細い紐《ひも》。

目に毒すぎて、ちょっと直視できない。

「もー、なんで目を逸《そ》らすのー⁉ 遊くんのばーか！」

「馬鹿はそっちだな⁉ 本当はもう、湿布とかどうでもよくって、かまってほしいモードになってるだけでしょ⁉」

「そんなの最初からそうだもんねーだ！」

「余計、たちが悪いわ‼」

「……やば。なんか、情事の途中で帰ってきちゃった感じじゃね？」

「結花がこんなに積極的にアタックするなんて……さすが遊にいさん！ 結花にここまで心を開かせる、素晴らしい魅力の持ち主です‼」

――大騒ぎをしていた俺と結花は、その声を聞いてピタッと静止した。

そして、申し合わせたみたいにおそるおそる、二人でリビングの入り口の方を向くと。

そこには……我が愚妹・那由と、男装してる結花の妹・勇海が立っていた。

「えっと……全然、気配とか感じなかったんだけど……いつからいたの？」

「少し前からですよ。玄関先で那由ちゃんとばったり会ったら、『忍び足で入れし。百パー、なんかやってっから』って言われたので――忍んでみました」

「で。案の定、昼間っからプレイしてたってわけ。お盛んなこって。けっ」

「うきゃ――――!?」

勇海と那由が、平然とした顔でそんな状況を語っていると。

結花は叫び声を上げて、クッションの下に頭を埋《うず》めた。

いや……もう遅いと思うんだけど。

「あはは、結花は恥ずかしがり屋だなぁ。でも、そんなところが――遊にいさんの、可愛《かわい》い子猫になれる秘訣《ひけつ》かもしれないね？」

「うっさい、勇海のばーか！」

「結花ちゃん。にゃんにゃんすんなら、勇海と外に出てるけど？」

「しないよ！　もぉ、那由ちゃんってば‼　うー……勇海も、那由ちゃんも……遊くんも！　ばーか‼」

「え、俺も⁉　言い掛かりじゃない、それ⁉」

——綿苗結花は、外に出たらお堅いタイプで。

学校では基本、近寄りがたいクール系って思われてるけど。

実は声優・和泉《いずみ》ゆうなとして、明るく頑張っていて。

そして家の中では、こんな感じの……もう天然全開な明るい子だ。

そんな結花を許嫁にもつ俺——佐方遊一《ゆういち》は。

凄まじく騒がしいけど、なんだかんだ楽しい毎日を……送っている。

第2話　【案件】和泉《いずみ》ゆうな、新しい仕事をもらう

「あ、遊《ゆう》くん。ちょっと待っててね！」

結花《ゆうか》はそう言って、着信音の鳴ってるスマホを手に取り、ソファから立ち上がった。

俺はリモコンを操作して、二人でのんびり観《み》てた録画アニメを一時停止させる。

文化祭の翌日――那由《なゆ》は海外に、勇海《いさみ》は地元に、それぞれ戻っていった。

いるだけでトラブルを巻き起こす二人が帰ったら、部屋ががらんとしちゃったなぁ、なんて思っていた矢先の電話。

となると、当然……疑うべきは那由だ。

あいつはこういうタイミングで、間髪を容れずにいたずらを仕掛けてくる。

伊達《だて》に兄妹《きょうだい》やってないからな。あいつの行動パターンなんて、お見通しだ。

ってことで――俺は結花の電話に、じっと聞き耳を立てる。

那由の発言を放っておいたら、十中八九、ろくなことにならないもんな。

「昨日はすみませんでした‼　……あ、はい！　文化祭は無事に終わりました、ありがとうございます！」

……違った。

ごめん、那由。

普段の素行が悪すぎて、完全に犯人だと思ってたわ。普段の素行が悪い方が悪いけど。

そんなわけで、那由の件は完全に冤罪《えんざい》だったけれど。

「えっと、らんむ先輩からも電話でちらっと聞きましたけど……新しい仕事……はい」

気になるフレーズが聞こえてきて、俺はピクッと反応してしまう。

『らんむ先輩』とか、『新しい仕事』とか。

これって、ひょっとして——ゆうなちゃん関係の電話？

大手企業が社運を賭けて展開しているソーシャルゲーム『ラブアイドルドリーム！ アリスステージ☆』——通称『アリステ』。

俺が愛してやまない最高のゲームの、宇宙最強の推し・ゆうなちゃんに関する速報なんて……胸が高まってしまう。

だって俺は、ゆうなちゃんの一番のファン。

ファンレターを送った数では誰にも負けない——ペンネーム『恋する死神』だから。

「……え？ わ、私が⁉ らんむ先輩と、ユニット……ですか⁉」

「ユニット⁉」


反射的に大きな声を出してしまい、俺は慌てて自分の口を手で塞いだ。

結花もおたおたしながら、自分の唇に手を当てて「しー」ってジェスチャーで注意してくる。


『――ん？　ゆうな。ひょっとして、誰かいる？』

「い、いないです！　ここには誰もいませんよ？」

『でも今、誰かの声が聞こえたような……』

「きゃーお化けーこわいー」

『……あ。ひょっとして、ゆうな。例の「弟」さんなんじゃ……』


――――プツッ。


結花が目にも留まらぬ速さで電話を切って、スマホをソファ目掛けて放り投げた。

「あ、危なかった……もう少しで、怪しまれるところだったよ……っ！」

「ご、ごめんね結花……でも、唐突に電話を切っちゃうのは、限りなく怪しい気が……」

「うー……そっか。自分で言うのもなぁって思うんだけどね？　ほら、『アリラジ』で『弟』トークをしまくってるでしょ、私？　だから久留実《くるみ》さん――マネージャーさんってば、すっごく私の家庭事情を気にしてるの！」

そりゃあ、あれだけしっちゃかめっちゃかなトークしてれば、そうもなるよ。

なんならマネージャーさんだけじゃなく、掘田《ほった》でるとかも相当心配してると思う。

「そういうわけだからね？　申し訳ないんだけど……」

「分かってる。ちゃんと反省して……電話は気にしないし、もう声を出したりしないよ」

そもそも、この電話を聞くこと自体――ファンとして越権行為だしな。

俺は結花と、婚約関係にあるけれど。

あくまでも『恋する死神』は、和泉ゆうなを応援する――一ファンにしか過ぎない。

だから、気になるけど。

めっちゃくちゃ、どんな話が来てるのか、気になるけど！

――ここはおとなしくしてるのが、正しいんだと思う。

「……うー。そんな、しょんぼりした顔しないでよぉ」

「あ、ごめん……気にしないで。俺はちゃんと、我慢できるから。我慢するのが……俺の務めだって理解してるから」

「…………うーん」

しばらくアゴに手を当てて思案したかと思うと。

結花はソファに放り投げたスマホを、そっと拾い上げた。

そして結花は、再びＲＩＮＥ電話で通話をはじめる。

「あ、もしもし、久留実さん？　すみません……ちょっとスピーカー設定にしてもいいですか？　ちょっと昨日の文化祭で、手が疲れちゃって」

さっきまで普通に電話をしていたはずなのに。

そして結花はスマホスタンドに自分のスマホを置くと、小さく舌を出して、向こうに聞こえないくらいの声で呟《つぶや》いた。

「ちょっと疲れたから、スピーカーにしたけど……たまたま、だからね？　別に遊くんがしょんぼりしてたから、聞こえるようにしたわけじゃないんだからね？」

ツンデレみたいなことを言って、はにかむように笑う結花。

――ありがとうね。

『建前』を使ってまで、俺に気を遣ってくれたことに……俺は本当に感激する。

絶対に静かにしてるから。
結花――打ち合わせ、頑張ってね。

◆

――そして、結花とマネージャーさんの打ち合わせがはじまった。

「もしもし？　すみません、スピーカーに設定変えました！　さっきは電話が切れちゃって、ごめんなさいでした！」

『いや。切れたっていうか、ゆうな……切らなかった？』

「いえ、そんな！　急にスマホが、すべて嫌になったみたいに再起動しました‼」

それ、故障だよ。

さすがは結花。言い訳があからさますぎて、怪しさしかない。

こんな分かりやすい言い訳、信じる大人なんているわけが――。

『そっか……ゆうな。早めに携帯ショップに行きなよ？　連絡が取れなくなったら、色々と大変だから』

「は、はい！」

信じちゃった。

さすがは、和泉ゆうなのマネージャー。

声色は大人の女性なのに、こんな明らかなフェイクに引っ掛かるとは。

こうでもなきゃ、天然な結花のマネージャーは務まらない……のかもしれない。

……ともかく、どうにか誤魔化したところで。

口を噤《つぐ》んでいる俺の前で、結花とマネージャーさんが会話を続ける。

「えっと……それで。さっき言ってた、らんむ先輩とのユニットの件なんですけど……」

『うん！　改めて――おめでとう、ゆうな！　らんむとゆうなのユニットで、新曲を発表することが決まったよ‼』

パチパチパチと、スピーカーの向こうから拍手音が聞こえてくる。その熱量は、スピーカー越しにも伝わってくるほど。

結花はそんなマネージャーさんの対応に、照れたように頬を掻《か》くと「えへへっ……ありがとうございます」なんて、はにかむように笑う。

『紫ノ宮《しのみや》らんむと和泉ゆうなのユニット――ユニット名は、未定なんだけどね。CD発売と、その宣伝を兼ねたインストアライブの開催が、既に企画されてるわ。しかも、なんと五地域でのインストアライブ‼』

「し、CD⁉　インストアライブ⁉　しかも五地域……凄《すご》すぎて、どう反応したらいいのか分かんないです……」

結花が言葉を失ってるけど、その気持ちは痛いほど分かる。

だって一ファンでしかない俺ですら、一瞬──意識が飛んだもの。

嬉《うれ》しすぎて、三途《さんず》の川《かわ》が見えたよ。

──ゆうなちゃんにはこれまで、専用の曲なんて存在しなかった。

急きょ出られなくなったキャストの代わりに、一度だけライブに参加して、みんなで『アリステ』のテーマソングを歌う機会はあったけど……それっきり。

ファンとしては残念だけど、同時に「仕方ない」とも思ってた。

百人近いアリスアイドルがいる『アリステ』内の人気投票で、ゆうなちゃんの最新順位は三十九位。

俺内ランキングではダントツの一位だけど──商業的に三十九位である以上、優遇されないのはやむをえないことだ。

そんなゆうなちゃんが、最新の人気投票六位──通称『六番目のアリス』らんむちゃんの声優・紫ノ宮らんむとユニットを組んでインストアライブとか……寝耳に水すぎる。

しかも五地域！

具体的な場所は分かんないけど、きっと地方遠征もあるんだろうな。

突然のＶＩＰ待遇。

こんな急展開……当の結花にしてみれば、びっくりしすぎて何も言えなくなるのも、無理はない。

「えっと……らんむ先輩は『八人のアリス』に選ばれてますし、人気的に分かります。でも……どうして私が？　ゆうなのランキングは、全然高くないのに……」

『あー……まぁ、そう思うよね』

結花が当然の疑問を口にすると、マネージャーさんが少し言い淀《よど》んだ。

それから、ちょっと間を置いて――言いにくそうに答えはじめる。

『ゆうな、何回かラジオに呼ばれてるでしょ？　でるや、らんむがゲストの回に』

「あ、はい！　三回も呼んでもらえて、すっごく嬉しかったです‼」

『そのとき、どんな話をしたか……覚えてる？』

「え？　『アリステ』の話とか……あ、事務所トークしましたね！　掘田さんもらんむ先輩も、同じ事務所の所属ですから‼」

『……うん。確かにそうね。「60Ｐプロダクション」の所属同士だもんね。でも……思い出して？　もーっと、頻繁に、ゆうながしてる話題が……あるよね？』

――ひょっとして、それって。

俺は物凄《ものすご》く嫌な予感を覚える。

「……まさかと思いますけど。『弟』のこと、言ってます？」

『……まさかと思うかもしれないけど、そうよ』

おそるおそる口にした結花の言葉に、マネージャーさんが即答する。

若干、ため息交じりな気がしたけど……多分、気のせいじゃないんだろうな。

『ゆうなは好き勝手喋《しゃべ》るし、らんむは変な方向で切り込むし、放送事故ぎりぎりだーって、わたしは本当にお腹《なか》が痛くて仕方なかったんだけど！　……あのトーク、実はコアな人気を博してるの。「声優たちのやばいトーク」なんて、色んなところで取り上げられて』

「え、そうなんですか⁉」

あー……確かに。

『アリステ』ファンの一部層に、ゆうなちゃん&らんむちゃんペアのラジオ放送って、めちゃくちゃ刺さってるんだよな。

まとめサイトにも取り上げられてたし、コメント欄は「ゆうなちゃん天然すぎて可愛《かわ》い」とか、「らんむ様が喋ると空気が地獄すぎて草」とか、「掘田でるかわいそす」とか――めちゃくちゃ盛り上がって、なんなら軽くバズってたっけ。

当の『弟』本人としては、さすがに笑えなかったけど。

『そんな「アリラジ」の注目株である二人で、ユニットを組んでみよう――って、企画が打ち出されて。うちの事務所的には、若手二人を同時に売り出すこんなチャンス、断る理由がないし。だから――』

「はい！　私……精一杯、頑張りますっ！　頑張りたいです‼」

マネージャーさんの言葉を遮って、結花がはつらつとした声色で言った。

ソファの隣に座ってる結花の瞳には――めらめらと、やる気の炎が燃え上がってる。

そうだよな。結花にとって、これは千載一遇のチャンス。

気合いの入り方も……凄《すさ》まじいものだろうね。

『うん。ゆうならしい反応で、安心したよ。らんむもね、あなたとのユニットを、本当に楽しみにしてたよ。らんむは前から、ゆうなのこと……すごく買ってるからね』

「え、らんむ先輩が――私を？」

マネージャーさんの発言で、結花の表情が花開くみたいに、ぱぁっと明るくなった。

憧れの先輩に褒められてるなんて知ったら、そうなるよな。

ユニットデビューも決まって、先輩にも褒められて、本気で嬉しそうにしてる結花を見てると……なんだか俺まで、ほっこりした気持ちになってきた。

一ファンなのに、電話を聞かせてもらった申し訳なさはあるけれど。
それ以上に――結花と嬉しさを共有できて良かったって思う、自分がいる。
よーし、それじゃあ今夜は、お祝いに高い肉でも買ってこようかな。
……………なんて、呑気《のんき》なことを考えてると。

『ってわけで、「弟」トークがバズっての今回ではあるんだけどね。ごめん――マネージャー的には、その「弟」さんのこと、めちゃくちゃ心配してるの。だから、お願いゆうな。このプロジェクトがはじまる前に、一度……「弟」さんと、会わせてくれない？』
「……え？」

マネージャーさんの一言に、結花が固まる。
そして『弟』こと俺も――同じように、固まってしまう。
え、俺……マネージャーさんと会うことになるの？
なんていうか………波乱の予感しか、しないんだけど。

第3話　【悲報】文化祭後の地味子、やっぱりお堅いしかない

「おっはよー、佐方《さかた》ぁ！」

文化祭の代休明け、日常に戻った学校。

登校してきた俺が席に着くと、ぶんぶんと大きく手を振りながら、一人のギャルが駆け寄ってきた。

二原桃乃《にはらももの》。茶色く染めたロングヘアと、ぱっちりした目元が特徴的なクラスメート。

着崩したブレザーの胸元は隙だらけで、豊満なその胸がちらちら見えるから……俺は咄嗟《とっさ》に視線を逸《そ》らした。

ちなみに、こんな『陽キャなギャル』って見た目の彼女だけど。

中身は立派な——特撮番組を愛しすぎてるオタクだ。

文化祭のコスプレカフェのときなんて、クラス代表って立場を名目にして、オタバレしないよう注意しながらやりたい放題だった。怪獣の着ぐるみを着たり、ヒーロースーツみたいなレオタードを着たり。

そんな『特撮系ギャル』な二原さんは、俺の机に手をついて——にかっと笑った。

「文化祭、楽しかったねぇ！　うち、昨日までめっちゃ余韻に浸ってたんだけどー‼」

「まぁ、思ったよりは楽しかったけど……俺は正直、疲れたよ。できるだけ他人とコミュニケーションを取らず、淡々とした学校生活を送りたい」

「とか言っちゃってぇ！　佐方だって、タキシード姿でバシッと決めてたじゃーん。あのときは正直……佐方って格好いいんだなって。惚《ほ》れちゃいそうだったよ？」

「え？」

「……ぷっ！　あはははっ‼　ウケるー、めっちゃ焦《あせ》ってんじゃーん！　冗談だってば、冗談‼」

くっ……中身が特撮オタクとはいえ、やっぱりギャルだな。

別に本気にしたわけじゃなかったけどね？　二原さんがこういうキャラだってことは、十分っていうほど知ってるしね？

「おい、二原――じゃあ俺の格好は、どうだったよ？」

なんか無性に悔しい思いに駆られていると、隣の席に座ってたツンツン頭の友人が、急にカットインしてきた。

倉井雅春《くらいまさはる》――通称・マサ。

中学時代からの腐れ縁で、俺と同じく『アリステ』を愛する同志だ。

「えー？　倉井、どんな衣装着てたんだっけ？　ふつーに思い出せないんだけど」

「なんでだよ⁉　ほら、あれだよドラキュラ‼　俺の愛する、らんむ様のクールなライブステージはな、彼女のイメージに合わせたホラーチックなデザインなんだよ。だからこそ俺は――ドラキュラとなった。そう、らんむ様と一体になった感覚を味わうために‼」

めっちゃ熱弁を振るってるマサ。

特に加勢はしないけど、気持ちは痛いほど理解できる。

推しと一体化したい……溶けあってひとつの存在になりたいって、その気持ちは。

「でもさぁ。やっぱ今回のMVPは、間違いなく――綿苗《わたなえ》さんじゃん？　ね、佐方？」

らんむ様への愛を独り言のように語り続けてるマサを尻目に、二原さんはニヤニヤしながら俺を見てきた。

まったく……からかおうとしてるのが、見え見えなんだから。

――二原さんはこのクラスで唯一、俺と結花《ゆうか》の関係を知ってる人だ。

そしておそらく、結花にとって唯一と言っても過言ではない……クラスの友達。

家では、天然かまってちゃんで。声優としては、元気はつらつキャラな結花だけど。

それ以外――特に学校での結花は、ほとんど誰とも喋らず過ごしている。

喋りたくないっていうよりは、周りとどう接していいか分かんないって感じ。

喋ったら喋ったで、話しすぎてまとまらなくなるし――とにかくコミュニケーションが苦手な結花。

だけどクラスのみんなは、当然そんな事情は知らないから、結花を『お堅くて近づきがたい地味な子』って思っている。

話題に上がったので、俺はふっと結花の方に視線を向けた。

そこには――びっくりするほど無表情な、結花の姿があった。

黒髪のポニーテールに、細いフレームの眼鏡。きちんとした着こなしのブレザー。

そんな結花は着席したまま、じっと――本を読んでいる。

……いつものことなんだけど、眼鏡をしてない結花は垂れ目っぽいのに、なんで眼鏡を掛けるとつり目っぽくなるんだろう？　永遠の謎だな、本当……。

って感じで、家とはまったく違うけど、学校としては通常営業な様子の結花。

だけど……そんな結花の周囲に、珍しいことに女子数名が集まりはじめた。

結花もそれに気付いて、本から顔を上げて首をかしげる。

「……どうしたの？」

思いがけないクラスメートたちからの注目に、戸惑った表情をする結花。

そんな結花に向かって、女子の一人が瞳をキラキラさせながら、気さくな感じで話し掛けた。

「ねぇ、綿苗さん！　文化祭、すごかったね‼」

「……何が？」

相手とのテンションの差がひどい。

まぁ、結花的にはいつもどおりなんだけど。

だけど女子たちは、思い思いの言葉を結花に向かって投げていく。

「何って、ほら！　文化祭のメイドさん‼　綿苗さんが、ちょっと困った絡《から》みをされてたからね、どうなるんだろって心配してたけど……綿苗さんが、にこーって笑ってさ‼」

「……ああ」

「そーそー！　あのときの笑顔、めっちゃ可愛かったよー‼　綿苗さんって、あんな風に笑うんだねぇ‼」

「……別に」

「あたしなんか、ちょっとドキッとしちゃったもん‼　もう一回見たいー、って思っちゃうくらいだよ‼」

「……へぇ」

――シンッ。

気さくだった女子たちが、段々と凍りついていくのを感じた。

まぁ、そりゃそうだろうな。

普通に雑談しにいって、あんな無表情で塩対応され続けたら、並の人間は心が折れる。

結花的には、返し方の正解が分からなくて、困りすぎていつもの塩対応になってるんだろうけど。

「あー、うちもめっちゃ感動したよ、あのとき！　綿苗さんってば、超絶可愛《かわい》かったもんねぇ!!」

そんな結花に、助け船。

俺の隣にいた特撮系ギャル――二原さんが、大きな声を上げた。

「ねぇねぇ、綿苗さん。もっかい、笑ったの見せてー？　ね、佐方も見たいっしょ？　綿苗さんのラブリースマイルッ★」

「え、お、俺？　い、いや……まぁ」

「………」

結花がじっと、俺のことを見る。

そして、なんか深く息を吐き出したかと思うと、キッと目をつり上げて。

ぐいーっと――自分のほっぺたを、引っ張った。

「………はい？」

「………ほへへどう？（これでどう？）」

いやいや。確かに口角は上がってるけど！

そんな手動で作るもんじゃないでしょ、笑顔!?　しかも目つきが、全然笑ってない!!

「ぷっ！　あははははっ!!　綿苗さん、めっちゃウケるー!!」

二原さんがバンバンと俺の机を叩《たた》きながら大笑いして、周囲の注目を集める。

そんな二原さんを見たクラスのみんなも――なんだか弛緩《しかん》した空気になって。

「文化祭のときとか、今とか。綿苗さんも、意外にお茶目なところ、あるんだねー」

「ねー。っていうか、文化祭楽しかったよね！　私、あのチアガールの服、すっごい気に入っちゃってさぁ」

「気に入ったのは、あんたの彼氏の方じゃないのぉー？」

「うっさいなぁ、怒るよ⁉」

そうして、なんとなく和やかな雰囲気になったところで、結花の周りからクラスメートたちは撤収していき。

結花はふぅっと、小さくため息を吐くと——再び読みかけの本を手に取った。

そして……ちらっと俺と二原さんの方を一瞥《いちべつ》すると。


(ありがとう、二人とも)


——なんて。

口パクで感謝の言葉を伝えてきたのだった。

◆

「桃《もも》ちゃん、大好きっ！　今日はほんっとうに……ありがとー‼」

「あははっ！　結《ゆう》ちゃんってば、めちゃカワだなぁ。うちも結ちゃん、大好きだよー‼」

そんな仲良しなやり取りをしつつ、ギューッとリビングで抱き合う結花と二原さん。

その様子を、ソファに腰掛けたまま、ぼんやりと見守ってる俺。

「お？　佐方、暇そうだねぃ。佐方もギューする？　今なら結ちゃんと桃乃様の、ハーレム仕様だよん？」

「だ、だめだよ遊《ゆう》くん！　今はだめ‼　だって桃ちゃんにギューッてされたら……このおっきな胸に、遊くんのハートが盗《と》られちゃうもん‼」

「……ぷっ！　あははははっ‼　結ちゃんってば、ほんっとうに可愛いなぁ‼　だいじょーぶ、おっぱいに負ける佐方じゃないってぇー」

わしゃわしゃと結花の頭を撫《な》で回《まわ》す二原さん……俺は一体、何を見せられてるんだ？


久しぶりの学校帰り――二原さんは、我が家に遊びに来ていた。

文化祭のクラス代表&副代表を務めた三人で、打ち上げも兼ねて盛り上がろう……っていう主旨だったはずなんだけど。

いつの間にか女子二人で、きゃっきゃうふふしてる。

いや、まぁ……結花が友達と楽しそうにしてるなら、それでいいんだけどね。

「そういや結ちゃん。『仮面ランナーボイスdB《デシベル》』は観《み》てる？」

「もっちろん！　あの感動の最終回から、まさかの続編……遊くんと二人で、ドキドキしながら観てるよ‼」

仮面ランナーシリーズは、一年刻みで新シリーズに切り替わる……らしい。

だけど、前作の『仮面ランナーボイス』が驚くべき人気だったから、異例のシリーズ続投が決まって、『仮面ランナーボイスdB』がはじまった……らしい。

らしい、っていうのは、二原さんからの伝聞情報だから。

二原さんの特撮トークは、専門用語はちんぷんかんぷんだけど、なんか聞かせる力が凄《すご》いんだよな。

「新しい敵が登場して、仮面ランナーボイスがやられそうになったときは、私──泣いちゃうかと思ったよ！　声霊《せいれい》の力が通用しない⁉　じゃあどうするのって‼」

「だけど、そんな危機的状況下で、人々の応援する『声』をベルトに浴びて──『仮面ランナーボイスdB』に進化！　熱かったよね、あれは‼　新しい武器の『メガホンコーラスラッシャー』は、メガホンと剣を一体化させた画期的なギミックでさ──」

特撮オタクと仲良くなった結果、うちの許嫁《いいなずけ》が特撮に詳しくなっていきます。

ギャルのコミュ力とオタクの知識が組み合わさると、布教力が半端《はんぱ》ないな……。

そうやって、盛り上がってる二人をぼんやり見守っていたら、二原さんがニヤッと笑ってこっちを見てきた。

「ね、佐方。うちが特撮ばっか観てるって、思ってるっしょ？」

「実際そうでしょ」

「ふっふっふ……たーしーかーに？　これまでのうちは、特撮にしか興味のない人間だったよ？　それは認める……けどね？　うちだって、他にも手を広げてるわけよ‼」

そう堂々たる宣言をすると、二原さんはスマホの画面を取り出して——見慣れたアプリを起動させた。

『——**ラブアイドルドリーム！　アリスステージ☆　はっじまるよー‼**』

タイトル画面が表示されると同時に、天使のような声が聞こえてきたもんだから……俺は思わず言葉を失った。

そのアプリは——『ラブアイドルドリーム！　アリスステージ☆』。そしてランダムで決まるタイトルコールは、俺の愛するゆうなちゃん。

そんな俺の驚く顔を見て、ドヤ顔をしながら二原さんは言う。

「……どうよ？　うちばっか布教すんのもなーって思ったのと、結ちゃんがめっちゃ頑張ってんのを応援したいなーってのがあってさ。アプリを落としてみたわけ！」

「え……えぇ⁉　気持ちは嬉《うれ》しいけど……なんか恥ずかしいよぉ、桃ちゃん」

『ゆうながずーっと、そばにいるよ！　だーかーら……一緒に笑お？』

「うにゃ――⁉」

結花が猫みたいな叫び声を上げて、ソファに飛び込んでクッションの下に頭を埋《うず》めた。

そんな結花の姿に――二原さんはけらけらと、笑いながら。

「ってわけで。これからはうちも、『アリステ』ユーザーとして、ゆうなちゃんを――結ちゃんを、応援してくかんね？　佐方はそだね……初心者なうちに、色々教えてね！」


「……うぅ。嬉し恥ずかしかったよ、もぉ……」

二原さんが帰ったあと、部屋を片付けつつ、結花がぶつぶつと呟《つぶや》いてる。

「『恋する死神』的には、ゆうなちゃんファンを一人増やせて、とても誇らしいよ」

「なんで遊くんがドヤ顔してんの⁉　うん……でも、そうだよね！　これから、らんむ先輩とユニットを組んでさらに頑張るんだもん‼　むしろ喜ばなきゃだよね‼」

拳を作って「よしっ」と、気合いを入れる結花。

そんな結花を、微笑《ほほえ》ましい気持ちで眺めていると——結花のスマホから、着信音が流れはじめた。

「はい、ゆうなです、お疲れさまです‼　……あ、そうなんですか？　出張大変ですね……え？　確かにそこ、うちの近くですけど……い、今からですか⁉　いえ、確かに早めに打ち合わせできた方が、ユニットの準備できていいですけど……あ、いや、えっと……」

なんだか、しどろもどろな会話をしてるな、と思ってると。

電話が終わったらしい結花が、スマホを持った手をだらんとさせながら——困ったように眉をひそめて、言った。

「ど、どうしよう遊くん……今からマネージャーさんが、うちに来るって」

………え？　今から？

それって——『弟』的に、かなりまずい展開な気がするんだけど？

第４話　『弟』な俺が、見つからずに隠れる方法を教えて

文化祭のお疲れさま会という名目で、二原《にはら》さんを交えてまったりした時間を過ごして。

二原さんが帰った直後に、和泉《いずみ》ゆうなのマネージャーさんから突然の電話が入り。

用事で近くまで来てるから、このまま少し家に寄りたいなんて言われて。

ただいま、二人でおたおたしてる真っ最中。

そうこうしているうちに――我が家のインターフォンが、ピンポーン♪　……と鳴り響いた。

「ど、どうしよう……遊《ゆう》くん」

「ど、どうするも何も……確認だけど。親が勝手に結婚を決めて、その相手と同棲《どうせい》をしてるって、マネージャーさんには伝えてない……？」

「……言った方がいいかなぁ、とは思ってたんだよ？　でも、なんか言いづらくって……全然です……」

しゅんとうな垂れる結花《ゆうか》。

そんなに落ち込まなくてもいいんだけど。

説明される側も意味分かんなすぎて場が凍っちゃうだろうし、言いづらい気持ちは分かるし。

とはいえ……この状況は、色々とまずい。

相手はあくまでも、和泉ゆうなのマネージャーさん。

悪意のあるゴシップ記者とかじゃないから、たとえこの事実を知ったとしても、世間に拡散したりはしないだろう。

だけど、まぁ普通に……お説教は免《まぬが》れないだろうな。

下手したら、別れるように言われる可能性だってある。

声優にとって『交際』『結婚』なんて話題は、リスクが半端ない。

声優だって一人の人間なんだし、それで叩《たた》かれるのは理不尽だって正直思うけど……実情は、声優生命を脅《おびや》かすスキャンダルなんだ。

『アリステ』みたいに、アイドル的な活動を伴っている声優なら――なおさら。

そんなことは、言うまでもなく、結花が一番分かってると思う。

だから、結花は……俯《うつむ》きがちに言った。

「ゆ、遊くん！　あのね、お願いしづらいんだけど……私がマネージャーさんと話してる間……その、遊くんは、えっと……」

「大丈夫、分かってるよ。見つからないよう、隠れてるから」

俺がきっぱりとそう告げると、なんだか申し訳なさそうな顔をする結花。

……そんな顔しなくても、大丈夫だって。

だって俺は、ゆうなちゃんの一番のファン『恋する死神』なんだから。

ゆうなちゃんにとって、困る事態を回避するのなんて……当然のことだ。


——ピンポーン♪


インターフォンが再度、鳴り響く。

結花は唇を噛《か》み締《し》めると、ぺこりと俺におじぎをした。

「……できるだけ、手短に済ませるから！　ごめんね……ありがとう、遊くん！」

そう言って結花は、駆け足で玄関の方へと向かっていった。

同時に俺は階段を上がって、玄関から死角になる位置に立ち、結花の様子を見守ることにする。

「ごめんね、ゆうな。急な予定をお願いしちゃって」

「い、いえ！　私もぜーんっぜん、暇してましたから！　とーっても、暇でしたので‼」

初手からうさんくさい応答をする結花。

見てるこっちは、ハラハラしかしないんだけど。

だけど、マネージャーさんは特にツッコむ様子もない。きっと結花の天然な行動になれてるんだろうな。

「久留実《くるみ》さんこそ、こんな遅い時間までお疲れさまです！」

「……だから、いつも言ってるでしょ。『久留実』って名前は可愛《かわい》いイメージすぎて、わたしには似合わないから、苗字《みょうじ》の『鉢川《はちかわ》』で呼んでって」

「久留実さんは確かに美人系ですけど！　久留実さんって名前もぴったりですよ‼」

なぜか力説しはじめた。

学校の淡々とした感じとも、家のリラックスした感じとも違って。

声優としての結花は——一見するとコミュニケーションに長《た》けてるみたいに見えるけど、よく喋《しゃべ》るわりに話が噛み合ってない。

学校の結花が『陰』のディスコミュニケーションだとしたら、声優の結花は『陽』のディスコミュニケーション。

「はぁ……まぁ、いいけどね。ここは大人なわたしが、折れるわよ」

ため息交じりにそう言うと――『鉢川久留実』という名前らしいマネージャーさんは、苦笑した。

毛先に緩くパーマの掛かった、明るい茶色に染めてるショートボブ。

上まぶたにはオレンジ色のアイシャドウ、唇にはピンクのルージュ。

白いシャツの上に黒いジャケットを羽織り、タイトスカートを穿《は》いたその姿は……まさに大人の女の人って感じだ。

女性の割に身長が高くて、スレンダーな体型をしてるもんだから、モデルさんって言われてもしっくりくる。

「引っ越したって聞いてから、初めてゆうなの家に来たけど……一人暮らしにしては、やたら大きいね？　びっくりしたよ」

「あ、ああ！　一応ですね、家族がいつでも来られるようにですね、一軒家をですね‼」

「あと、表札――『佐方《さかた》』って書いてあったけど。ゆうなの本名って、『綿苗《わたなえ》結花』だよね？　『佐方』って……誰？」

「さ、佐方さんって親戚の方が、いらなくなった家を父に譲ってくださいまして！　表札はそのまま、佐方さんのものにしてるんです‼」

「……それ、変えた方がいいと思うよ。早めに」

とてもまっとうなツッコミのラッシュ。

怪しいしかない結花の返答を見てると、不安ばっかりが膨らんでいくんだけど。

……だけど鉢川さんは、気を取り直したように、にこっと結花に笑い掛けると。

「じゃあ、まずはゆうな——ユニットデビュー、本当におめでとう！」

パチパチパチと、家中に響き渡るくらいの拍手で結花を祝福しはじめる。

結花はそんな鉢川さんを見て、恥ずかしそうにもじもじしながら……小声で囁《ささや》く。

「あ、ありがとうございます……でも、なんだか恥ずかしくなっちゃいますよぉ……」

「何言ってんの！　和泉ゆうながデビューしたときから、わたしはマネージャーをしてきたんだよ？　ゆうながどれほど頑張ってきたか、知ってるから……本当に、嬉しい……」

「ちょっ!?　な、泣かないでください、久留実さん!?　そ、そんなに喜ばれたら……私まで泣いちゃう……」

玄関先に立ち尽くしたまま、和泉ゆうなとそのマネージャーさんが、泣きながら見つめ合ってる。

そうだよな。それくらいの出来事なんだよな、ゆうなちゃんのユニットデビューって。

そんな感慨に耽《ふけ》ってると、なんだか俺まで、もらい泣きしそうになって……。

「それでね、ゆうな。ユニットの件で少し話したいから……ちょっとだけお邪魔してもいいかな？」

――そんな鉢川さんの言葉に、俺の涙は一気に引っ込んだ。

「え⁉　あ、いえー……部屋とか散らかってますし、ここでかるーく打ち合わせるとかじゃ、駄目ですか？」

「あー……うん。そう、なんだけどね……いきなり来て、申し訳ないなーっていうのは、もちろんあるんだよ？　あるんだけどね……」

結花の返答に、なんだか歯切れが悪くなる鉢川さん。

心なしか、さっきまでより脚をそわそわ動かして、なんか落ち着かない感じ。

なんか最初に見たときより、頬が赤くなってるような気もするし……。

「……えっとね。大人として、恥ずかしいから、こんなことをお願いするのは、ほんっとうに申し訳ないんだけど……」

「は、はい？」

もじもじし続ける鉢川さんに、困惑してる様子の結花。

そんな結花に向かって、鉢川さんは――ギュッと唇を噛み締めて、言った。

「お……お手洗い、貸してくれない……かな？」

◆

「ごめんね、遊くん……もうちょっとだけ、隠れてもらってて、いい？」

「いや、仕方ないよ。マネージャーさんがトイレ貸してほしいって言ってるのに、無下に断る若手声優の方がどうかと思うし……」

和泉ゆうなのマネージャー――鉢川久留実さんが、一階のトイレを使ってるので。

俺と結花は、階段をのぼってすぐのところで、しゃがみ込んでひそひそと話していた。

取りあえず、鉢川さんが出てきたら、玄関先に戻って軽く打ち合わせて解散。それまでの間、俺は二階に隠れている。そういう算段を。

「本当は、正直に言っちゃった方がいいんだろうなぁ……」

自分のために泣いてくれるマネージャーさんに隠し事をするのが、結花としては胸が痛いらしく――弱々しい声で、そんなことを呟《つぶや》いてる。

「どうなんだろう……声優業界的にそれが正解なのか、俺には分かんないからなぁ」

「私だって、許嫁《いいなずけ》になった声優さん……今まで見たことないから、分かんないもん」

そりゃそうだ。

許嫁のいる声優がごろごろいたら、ファンが卒倒するわ。


「ゆうなー？　あれ、どこー？」


――なんてやり取りをしていると。

トイレから出てきたらしい鉢川さんの声が、一階から聞こえてきた。

「あ、い、今行きます！」

結花が慌てたように声を上げて、立ち上がる。

だけど、慌てすぎたもんだから、結花はずるっと階段の段差を踏み外しかけて――。

「ちょっ……危ない！」

「うにゃっ⁉」

咄嗟《とっさ》に俺は、結花の身体《からだ》を自分の方に抱き寄せた。

それに色んな意味で驚いたのか、結花が猫みたいに叫ぶ。

「え⁉　どうしたの、ゆうな⁉」

「あ、え……ど、どうしよう遊くん⁉」

「ゆ、結花？　落ち着こう？　そんなに騒いだら余計……」

「ゆうなー？　大丈夫ー？」

鉢川さんが階段をのぼる足音が聞こえてきた。

正直に言うべきか、それともこのまま隠すべきか――そんな迷いも相まって、結花はおたおたとパニクったかと思うと。

ぐいぐいっと……俺の肩を押しはじめた。

「ちょっ、結花⁉」

「と、取りあえず、いったん隠れてて遊くん！　私がきちんと、久留実さんと……話をするから‼」

いやいや。

こんなテンパってる人が、きちんと話せるわけないよね⁉

だけど、スイッチの入った結花は強引に――俺を部屋の中に押し込んだ。

…………って。

ここ——ひょっとして、結花の部屋じゃない？

二階にあるのは俺の部屋、結花の部屋、そして帰省してきたとき用の那由《なゆ》の部屋。

普段は二人とも、大半をリビングで過ごしてるし、寝るときは結花が俺の部屋に来るから——俺が結花の部屋に入ることは、まずない。

だから、物珍しさに……つい部屋中を見回してしまう。

ピンク色のカーテン、机に飾ってある可愛い小物類。

そんな女の子らしさに溢《あふ》れた部屋だけど、声優として頑張っている象徴みたいに……赤ペンで書き込みがしてあるラジオか何かの台本が、開かれたまま机に置かれている。

そして、その机の端には。

無数の封筒に入った手紙が——大事そうに飾られていた。

ってこれ……ひょっとして。

俺こと、『恋する死神』がゆうなちゃんに送った、ファンレ———。

「ぎゃあああああああ⁉　遊くん、見ちゃだめぇぇぇぇぇ‼」

テンパった挙げ句、自分の部屋に許嫁を招き入れた事実に気付いたらしい結花は。

恥ずかしさが極まったのか、俺の目を自分の手で塞ぎつつ、絶叫した。

そして、当然そんな大騒ぎをしていたら——。


「ゆうな？　何やって……って。えっと……そちらの方は？」


後ろから俺に抱きついて目を塞いだ体勢の結花が、息を呑《の》んだのを感じる。

俺は結花の手を摑《つか》み、おそるおそる自分の目元から引き離した。

そこにいたのは、和泉ゆうなのマネージャー——鉢川久留実さん。

鉢川さんは目を丸くして、俺のことを凝視している。

「え、えっとぉ……久留実さん、ひょっとして……見えるんですか？」

「……はい？」

俺と鉢川さんの声が、意図せずハモる。

「久留実さんも、霊感があるんですね……実は私にも、見えてるんです。ここに、同年齢くらいの男の人の姿が。こわいですねー、こわいですねー？」

「……あなた。ひょっとして、例の『弟』さん？」

結花のぶっ飛んだ誤魔化しは完全スルーで、鉢川さんは俺に向かって話し掛けてきた。当たり前だけど。

こうなったら仕方ない。

俺は意を決して、頭を下げつつ鉢川さんに挨拶をする。

「いつも、ゆうながお世話になってます。ゆうなの『弟』の……遊一《ゆういち》です」

「初めまして。ゆうなのマネージャーをしています、鉢川久留実です。すみません、勝手に上がり込んでしまいまして」

そんな俺に向かって、鉢川さんは大人な感じで応対をしたかと思うと。

「このような状況で、身勝手なのは承知していますが——もともと、お話ししたいと思っていましたので。少しだけ、お聞かせいただけませんか？　『弟』さんと、ゆうなの……関係について」

あ、こりゃ駄目だ。

この感じ——もう既に、バレてるやつだわ。

第5話　【急募】声優のマネージャーさんと話すとき、気を付けること

「…………」

「…………」

「…………」

リビングのテーブルについた俺と結花《ゆうか》。

そして和泉《いずみ》ゆうなのマネージャー――鉢川久留実《はちかわくるみ》さん。

そんな三人は、ひとまず結花の淹《い》れたお茶を飲みながら……沈黙の中にいた。

正直、気まずさしかない。

色々なことが重なって、和泉ゆうなの家に俺がいるところを、マネージャーである鉢川さんに見つかってしまった。

結花がラジオでしょっちゅう口にしてる『弟』＝俺だってことは、鉢川さんは既に察している。

そして俺が――『弟』だけど、弟じゃないってことも。

多分、いや絶対……分かってる雰囲気。

「──単刀直入に聞きますね。遊一《ゆういち》さん、だったかしら？」

鉢川さんの言葉が、まるで死刑宣告のように響き渡る。

俺は膝に手を置いて、テーブルに視線を落としたまま、小さく頷《うなず》いた。

「か、可愛《かわい》いですよね⁉　これが私の自慢の──『弟』なんですよ、久留実さん！」

そんな重苦しい空気の中、結花が早口気味に捲《まく》し立《た》てはじめる。

「『アリラジ』でも何度か話しましたけど。私ってば超ブラコンで、『弟』と離れて暮らすのに堪えられなくってですね。この家に引っ越して、二人で住みだしたんです！　『弟』はもう、ほんっとうに可愛くて。でも、格好良いところもいっぱいあって‼　ふはぁ……天使？　みたいな感じなんです！　えへっ、こんな風に言うと、まるで彼氏みた──」

「彼氏、なんでしょ？　ゆうな」

冷静に鉢川さんが放ったその言葉に、結花は完全に固まってしまう。

再び、沈黙に包まれるリビング。

その沈黙こそが──何よりの答えだった。

「はぁ……そうなんじゃないかな、とは思ってたけどね。やっぱり、そっか……」

鉢川さんがテーブルに肘をつき、大きなため息を漏らす。

「……ち、違うんです。久留実さん」

「何が違うの？　弟にしては、いくらなんでも顔が似てなさすぎるし。話してるときの、ゆうなのキラキラ感、どう見たって身内を語るときの顔じゃないでしょ」

おっしゃるとおりすぎて、何も言えねぇ。

そんな正論に対して、結花はギュッと唇を噛《か》んだかと思うと。

意を決したように――言い放った。

「こ、恋人じゃないです！　私は、遊《ゆう》くんの……許嫁なんです‼」

「…………はい？」


さすがにこの回答は予想外だったんだろう、鉢川さんが変な声を出した。

ですよねー。分かります、分かります。

俺も思わず、叫びそうになったもの。何言ってんだ、この子は。

「えっと……結花、おばかさんなのかな？　どういう心境で、今このタイミングで、そんな話をぶっ込もうって思ったの？」

「ば、ばかじゃないもん！　久留実さんは、和泉ゆうなとしての私を、ずっと支えてくれた人だから。もうこれ以上、嘘《うそ》を吐《つ》きたくないって……お腹《なか》を括《くく》って、正直に全部打ち明けたいって。そう思ったから――恋人以上の関係だって、伝えたかったんだもん！」

「ああ……なんか頭が痛くなってきた。ゆうな……冗談とかじゃなくって、本気で言ってるの、それ？」

もうここまでぶちまけてしまっては、仕方がない。

俺は覚悟を決めて――鉢川さんに向かって、深々と頭を下げる。

「すみません、急にこんな驚く話をして。えっと、結花……ゆうなが伝えたとおりで。自分は弟でも、恋人でもなくって……彼女の、婚約者です」

「……今まで隠しててごめんなさい、久留実さん。そうなんです、私は――この可愛くって格好良くって、世界一素敵な遊くんと……結婚の約束を、してるんですっ‼」

「…………マジか」

鉢川さんが、この世の終わりみたいな顔をして、ぐったりとテーブルに突っ伏した。

そして「事務所にどう説明……」「マスコミ……」「お腹痛い……」なんて、呪詛《じゅそ》みたいな呟《つぶや》きが聞こえてくる。

「……落ち着こう。わたしは大人、わたしは大人……」

だけど、さすがは声優のマネージャーさん。

深く息を吸い込んで気持ちを即座に切り替えたかと思うと、背筋を正して椅子に座り直した。

そして——交互に俺たちのことを見て。

「それじゃあ、教えてくれるかな？　もう少し——二人の間の、事情を」

それから俺は、鉢川さんに対してこれまでの経緯を説明した。

親同士が勝手に俺たちの結婚を決めたけど、実はクラスメートだったこと。

なんだかんだで婚約して、今では同棲《どうせい》をしてること。

そして——俺がゆうなちゃんの一番のファン『恋する死神』だってことも。

「——そっか。できれば聞き間違いか、夢であってほしかったけど……本当に二人は、そういう関係なのね……現実か、これが……」

最後まで静かに俺の話を聞いてから、鉢川さんがぼやくように言った。

そんな鉢川さんのなんとも言えない顔と、今にも泣き出しそうな結花の顔を交互に見てると——なんだか申し訳ない気持ちになってしまう。

「ああ、ごめんなさい……遊一さん。わたしのことなら、気にしないで。ほら、ゆうなも──泣かないの。大丈夫だから。何があったって、わたしは……あなたのマネージャーなんだから」

そう言ってハンカチを取り出すと、鉢川さんは結花の目元に溜《た》まった涙を拭った。

そんな鉢川さんの優しさに触れて、まるでダムが決壊したみたいに、結花はしゃくり上げながら号泣しはじめる。

「もぉ、しっかりしなさいって。和泉ゆうなのチャームポイントは、どんなときも天真爛《てんしんらん》漫《まん》で、笑顔を絶やさないところでしょ？」

「は、はいぃぃ……ごめんなさい、久留実さぁぁん……うぇぇ」

「でも、そうね──今後どうするかは、一緒に考えないとね」

ぼろぼろ泣いてる結花をなだめながら、鉢川さんはため息を漏らしつつ呟いた。

「わたし個人としては、ゆうなの気持ちを大事にしてあげたいよ。でもね……やっぱり声優にとって、スキャンダルは命取りだから。事務所としてどうするべきかも検討しないとだし。後は……らんむのことも、考えないとね」

ああ……確かに。

事務所的なことは当然として、らんむちゃんのことも考えないとな。

普段の人柄は知らないけれど、メディアに出ている彼女や、結花と連絡を取っているときの彼女を見る限り——紫ノ宮《しのみや》らんむという声優は、めちゃくちゃストイックな性格をしてると思う。

まさに『アリステ』のらんむちゃん、そのものな感じ。

そんな彼女が、これからユニットを組もうとしてる後輩声優に——実は婚約者がいるなんてスキャンダルを知ったら？

……間違いなく、激怒するだろうな。

ベテラン声優さんですら、頭を抱えそうなレベルの話だし。

「だけど……いったん事務所のことも、らんむのことも、置いとこっか」

これからぶつかるだろう様々な問題に、軽くめまいを覚えていると。

鉢川さんがパンッと手を打ち鳴らして——にっこりと笑みを浮かべた。

そして、穏やかな口調でもって、尋ねてくる。

「ゆうな。それから……遊一さん。二人がお互いをどう思ってるのか、もう少し詳しく聞かせて？　ゆうなを支えるためにも、しっかりと——この状況を、きちんと咀嚼《そしゃく》しないといけないと思うから。だって、わたしは……和泉ゆうなの、マネージャーだもの」

◆

綿苗《わたなえ》結花こと、和泉ゆうなが所属する声優事務所――『60Ｐプロダクション』は、有名声優を多数抱える大手事務所だ。

中三の頃、学校で色々あって引きこもっていた結花は、思いきってオーディションに参加して……ゆうなちゃんの役を射止めた。

当時の結花は、声優でもなんでもない、ただの素人《しろうと》。

そんな彼女が合格したオーディションは――『アリステ』の公開追加オーディションというもの。当時の俺はまだ、『アリステ』と出逢《であ》ってなかったから、ネット情報だけど。

そのとき既に、『ラブアイドルドリーム！　アリスステージ☆』は知名度のある数十人の声優を起用し、プレリリースをしていた。

そこに、プロアマ問わない公開追加オーディションで選ばれた声優による新キャラを追加して、正式リリースという――見たことのないプロモーションを展開していた。

オーディションに合格したアマチュアの声優については、『60Ｐプロダクション』を含む数社の声優事務所が引き受けることまで、あらかじめ予定されていたとか。

さすがは、数多《あまた》あるアイドル系スマホゲーム業界に風穴を開けようとする、ビッグプロジェクト。企画の規模が、半端《はんぱ》じゃない。

そういう流れで、和泉ゆうなは──『60Ｐプロダクション』所属となった。

ちなみに、和泉ゆうなより先に同事務所に入っていた新人声優・紫ノ宮らんむも、その公開追加オーディションで選出されたメンバーだ。

だから……っていうのも、あるのかもな。

紫ノ宮らんむが、和泉ゆうなを──特別に意識してるのは。

「──と、そんな感じで！　私は、遊くんを……佐方《さかた》遊一くんを、とっても大切に思ってるんです!!」

そんな『アリステ』の歴史を、ぼんやり振り返ってる俺のそばで、結花がようやく話を終えた。

この数十分の間、結花はいかに俺が素晴らしい人間か、いかに結花が俺のことを愛しているか、滔々《とうとう》と鉢川さんに語っていた。

端的に言うと、公開羞恥プレイってやつ。

天然な結花は、なんか話してるうちにテンションが上がってたけど、聞いてるこっちは堪えられたもんじゃなかった。

それはもう、ちょっと意識でも飛ばさないと、おかしくなっちゃうくらいに。

こんなのろけ話を延々と聞かされたんだ。鉢川さんだって、困惑してるに違いな——。


「うっ……うぅ……良かったねぇ、ゆうな……素敵な人に巡り会えて、幸せになれて、本当に……良かった」


……マジかよ。

結花以上にぼろ泣きしながら感動してる鉢川マネージャーに、さすがに俺も困惑を隠しきれない。

「遊一さん……ありがとうね。ゆうなのことを、大切にしてくれて……っ！」

「あ……いや、あの……取りあえず、『さん』付けじゃなくて、いいですよ？　なんだか肩身が狭いですし、こっちの方が年下ですし……」

「そうですか、分かりました……じゃあ、お言葉に甘えて——遊一くん！　ゆうなを幸せにしてくれて、どうもありがとう‼」

……親戚の人か何かかな？

そんな「感動した！」みたいな感じで納得していいの？

当事者が言うのもアレだけど——結構とんでもないスキャンダルだよ、これ？

「うちの所属になった最初の頃——ゆうなはいつもビクビクしてて、ちょっと失敗しただけで凹《へこ》んで、よく泣いてたんだよ」

そんな中、鉢川さんは……物思いに耽《ふけ》るように上を向いて、語りはじめる。

「だけど、段々と……ゆうなは失敗しても、へこたれなくなっていった。笑顔も自然になって、本当に——楽しそうに仕事をするようになったんだ。それは、ゆうなが一生懸命、声優業に向き合ってたのもあるけど……『恋する死神』さん。あなたの存在は、とても大きかったと思う」

「え……俺、ですか？」

思いがけず『恋する死神』という異名を呼ばれて、言葉に詰まる。

だけどそんなことおかまいなしに、鉢川さんは話し続ける。

「ゆうなにとって、最初のファンで……何度も何度も、ゆうなを応援する手紙を送ってくれてた『恋する死神』さん。ゆうなはよく、そのことを嬉《うれ》しそうに話してたし……その頃からだったんだ。ゆうなの笑顔が、自然になっていったのは」

鉢川さんはそう言って、そっと目を閉じる。

「もともと、ゆうなは真面目で健気《けなげ》だったから……たとえ、あなたの存在がなかったとしても、頑張ってたとは思うよ。だけど、あなたの支えがあったから、ゆうなはもっと頑張れたんだと思う。あなたの存在は間違いなく――和泉ゆうなを、輝かせたんだよ」

だから――と。

鉢川さんは目を開けて、まるで子どもみたいに笑った。

「声優としては、もちろんリスクの高い、危ない橋だって思う。マネージャーとして、こうするのが正しいかって聞かれたら、正直分からない。だけど、わたしは――鉢川久留実という、和泉ゆうなのそばにいる一人の人間として。二人の愛を……全力でサポートしたいって思うんだ。だって、わたしは……ゆうなに、幸せになってほしいから‼」

「く……久留実さぁぁん‼」

結花は立ち上がって、鉢川さんに駆け寄るとギューッと抱きついた。

「……ゆうな」

結花の頭を、鉢川さんがそっと撫《な》でる。

そんな鉢川さんの顔を、結花はまっすぐな瞳で見つめて。

「ありがとう、久留実さん……私、頑張ります！　遊くんとの生活も、声優としての活動も、すべて全力で‼　だって、私は——和泉ゆうなだから！」

「うん！　それでこそ、和泉ゆうな‼　そんな、あなたを——わたしはマネージャーとして、全力で支えるからね‼」

……えーと。

それってマネージャーの仕事なのかな、って思わなくはないけど。

事務所とからんむちゃんとか、色んな心配は山積みだけど。

鉢川さんと『秘密』の共有ができて、応援してくれるようになったから——取りあえずは、よかったの……かな？

鉢川久留実が　仲間に　加わった！

第６話　修学旅行の班決めって、どう立ち回るのが正解なの？

「ゆうく～ん♪　ゆうくん、ゆうくん～♪　ゆゆゆ、ゆーくーんっ♪」

なんか隣から、奇怪な歌が聞こえてくる。

俺が顔を向けた先には、鞄《かばん》を両手持ちして、首をふりふりしながら楽しそうに笑ってる結花《ゆうか》がいた。

細いフレームの眼鏡に、ポニーテールに結った髪。

校則どおりにきちんと着込んだ制服。

完璧な学校仕様なんだけど――電波歌を披露してる結花の表情は、どう見ても家仕様のもの。

「結花。ここ、外だから。そんなテンションで歩いてるの見られたら……怪しいキノコ食べたって思われるよ？」

「なんでキノコ!?　もー、いいじゃんよー。このあたりは人通りが少ないから、誰かに見られたりしないもん。大通りに出たら、ちゃんといつもどおり――クールな私に、チェンジするから‼」

とかなんとか言ってるうちに、ひとけの多くなる交差点が近づいてきた。

すると結花は――すっと。

俺から距離を取って、無表情な顔を向けてくる。

「……なに、佐方《さかた》くん？　じろじろ見ないで」

「いやいやいや⁉　さっきまで、ゆうくんゆうくんしてた人が、何言ってんの⁉」

「……ちょっと何を言ってるのか、分からないわ」

急転直下の塩対応。

相変わらずの切り替えっぷりに、怖いとか呆《あき》れるとか通り越して、いっそ感心するよ。

声優ってみんな、こんなにオンオフの切り替わり激しいのかな……それとも結花が特別なのか。

よく分かんないけど。

取りあえず、うちの許嫁《いいなずけ》は――今日も通常運転だ。

「よーし。じゃあ今日のホームルームは、来月に控えた修学旅行の班決めをするぞー」
二年A組の担任――郷崎熱子《ごうさきあつこ》先生が、教卓に手をついて言った。

修学旅行。

そのフレーズに、クラス中がざわざわと色めき立つ。

「おーい、静かにしろー」

騒々しくなったクラスに注意しながらも——郷崎先生の瞳は、爛々《らんらん》と輝いている。

口角がめちゃくちゃ上がって、なんていうか……心の底から楽しそう。

すると、斜め前の席のギャル——二原《にはら》さんが、けらけらと笑いながら言った。

「そんなこと言ってー。郷崎先生が一番嬉しそうじゃないっすかー」

「こら二原、先生をからかうな……まぁ、楽しみなのは事実だけどな！　なんたって修学旅行は——青春の代名詞だから‼」

「あははは っ！　めっちゃウケるー‼　先生の青春なわけじゃなくって、うちらの青春っしょ？」

「当たり前だ。生徒たちの青春の一ページ……そんな素晴らしいシチュエーションに立ち会えることが、ただただ嬉しいんだよ‼」

熱血教師と陽キャなギャルによる、会話のやり取り。

そんな二原さんにつられたみたいに、教室のあちこちから、くすくすと笑いが漏れ聞こえてくる。

すげぇ……なんというコミュ力お化け。

俺には絶対、真似《まね》できない芸当だわ。

そもそも俺は、修学旅行とか言われても——クラスの大多数と違い、あんまりテンションは上がってない。

むしろちょっと、面倒だとすら思ってる。

いやね。さすがに俺だって、気心の知れた友達との旅行とかだったら、もう少し盛り上がってるよ?

だけど、修学旅行は……あくまでも学年全体で出掛ける、学校行事だから。

クラスメートの大半と、深い付き合いをしてない俺にとっては、楽しさよりもストレスの占めるウェイトが大きい。

班行動だって、メンバーによっては地獄の苦行になるし。

そんなネガティブ思考な俺にしてみれば、郷崎先生と二原さんのやり取りは——ほとんど、異次元人の会話だった。

——ブルブルッ♪

そんな微妙な気持ちで座ってると、鞄に入れっぱなしにしていたスマホが振動した。

郷崎先生にバレないよう、こそこそスマホを取り出す。

そして机の下に隠しつつ、通知の来ているＲＩＮＥ画面を開いた。

『遊《ゆう》くんと修学旅行！　今年は沖縄だよっ‼　えへへっ……楽しみだねっ』

ぶっと、思わず噴き出してしまう。

「ん？　佐方、どうした？」

「い、いえ。すみません先生……ちょっとくしゃみが出そうになって」

取りあえず、その場を誤魔化すと。

俺は机の下にスマホを隠しつつ、能天気なＲＩＮＥを送ってきた結花に、返信する。

『結花、そんなに楽しみなの？　修学旅行』

『もちろんだよっ！　遊くんとのめくるめく修学旅行……そんなの楽しみに決まってるじゃんよ』

『……ひょっとして、一緒の班になるつもりなの？』

『え？　ならないの？』

おそるおそる、結花の座ってる席の方に視線を向ける。

すると——能面のような『無』の表情でこちらを見ている結花と、目が合った。

……こわっ⁉

普段から学校では表情に乏しい結花だけど、今はその数段上の無表情って感じ。

事情を知らない人が見たら、夢に出てくるレベル。


『怖いよ、どういう顔なの⁉』

『ふーん。遊くんは、私と一緒の班がいやなんだー。へー』

『違うよ⁉　一緒の班が嫌とかじゃなくって、怪しいでしょ⁉　学校では接点の少ない俺たちが、急に同じ班になったら‼』

『そうですか。違う班ですか。誰か他の女の子と、らんでぶーですか』

『曲解だな！　ランデブーって、日常会話で久々に聞いたわ‼』

『修学旅行なんて、くだらない。こんな下劣な行事で喜ぶなんて、愚かしい』


なんかへそを曲げたらしく、ＲＩＮＥまで学校仕様になる結花。

正論しか言ってないはずなのに……何この理不尽。

「よーし。それじゃあみんな、六人ずつでグループを作れー。こういうとき、公平にくじ引きって意見もあるだろうが……先生は敢《あ》えて、自由に班決めをしてほしいと思う！　みんなが一番楽しめる修学旅行にしてほしいからな‼」

優しいようで、ぼっちに厳しい提案をする郷崎先生。

盛り上がるクラス。

さっきよりもひどい、殺気すら感じさせるオーラを纏《まと》った、無表情な結花。

――こうして。

波乱の修学旅行の班分けが、幕を開けた。

◆

「おい、遊一《ゆういち》！　一緒に班を組もうぜ‼」

「もちろん」

隣の席のツンツン頭な悪友――マサの誘いに、俺は二つ返事で乗っかった。

オタクであることを隠そうともしない、清々《すがすが》しいまでのオープンオタクなマサ。

周りの目を気にしがちな俺とは、正反対なタイプのオタクなマサだけど……なんだかんだで、中一の頃からずっとつるんでるんだよな。

正直、マサから言ってこなかったとしても、俺から誘ってたと思う。

非常に言いづらいけど——俺が一緒の班になって、気兼ねしないでいられるクラスの男子とか、こいつくらいしか思いつかないから。

「……で？　他は誰を誘う気だよ？」

「まぁ待てって。クールになれよ、遊一……急《せ》いては事をし損じるってことわざ、知らねぇのか？」

「知ってるけど、使いどころの意味が分かんねぇよ」

何が言いたいんだ、こいつは。

半ば呆れ気味な俺に対して、マサはドヤ顔で持論を展開しはじめる。

「あのな、遊一？　この修学旅行は、六人で一班を組むわけだ。だからこそ今、クラスの連中は仲良しメンバーで六人組を作ろうって、躍起になってやがる。けどな……うちのクラスの人数は、全部で三十四人。つまり、六人×五組が成立したとき——四人が残る計算なんだよ！」

「……で？」

「分かんねぇ奴《やつ》だな。考えてみろ？　俺たち二人が動かず待ってたら、自動的に――あぶれた残り二人と、同じ班になる！　六人グループに入れないような連中だぜ？　陽キャとかオラついたタイプじゃない……害のない奴らが残るとは思わねぇか？」

凄《すご》い特大のブーメランを投げつけられた気がするけど、まぁそれは置いといて。

「害のない奴らって言うけどさ。その二人が、全然関わったことのない二人だったらどうすんだよ？　それはそれでやりづらいだろ」

「逆に聞くが――お前から誘える、やりやすい二人なんているのかよ？」

「……ぐぬぬ」

これはこれで、やっぱりブーメランだった。

「ま、もしかしたら郷崎先生が、五人×二組に分けるって可能性もあるけどよ。二人だろうと三人だろうと、あぶれたメンバーってことに変わりはねぇ。喋《しゃべ》りづらいメンツになったら、そんときはそんときで……二人で『アリステ』でもやって過ごそうぜ！」

マサが言うのは、極論ではあるけれど。

確かにそれが……ベターなのかもしれないな。

じゃあ取りあえず、クラスの出方を見守ってよう……。

「桃乃《ももの》ー。一緒のグループおいでよー」

「だーめだっての。桃《もも》はうちらの方だってーの」

「おーい、桃乃！　俺らと一緒に回らねぇか？　楽しませるぜ、ぜってー」

「うわっ、下心やばっ！　桃乃ー、あんな男子ほっといて、こっちにおいでってー」

……異世界の会話が、なんか近くから聞こえてくる。

見た目は陽キャなギャル、中身は特撮系ギャル——その名も、二原桃乃。

二原さんの周りには、男女問わずたくさんのメンツが集まって、同じグループに勧誘してる。これが陽キャのコミュニティか、控えめに言って怖い。

そして——俺は離れた席に視線を向けた。

そこには、誰とも会話をすることなく、ぽつんと席に座ったままの……結花の姿が。

地味でお堅い雰囲気を醸《かも》し出《だ》してる学校結花は、友達が少ない。

文化祭があったから、ときどきクラスの女子から話し掛けられることも増えた結花だけど……反応に困った結花が、塩対応をしちゃうから。

修学旅行で班決めがスムーズに進むほどには——まだみんなと打ち解けてはいない。

ズキッと……俺は、胸が痛くなるのを感じた。

『遊くんと修学旅行！　今年は沖縄だよっ‼　えへへっ……楽しみだねっ』

あんな楽しそうなＲＩＮＥを送ってた結花が、椅子に座ったまま静かにしてる。

そんな哀《かな》しい結花を放っておくことなんて……俺にはできないから。

「お、おい、遊一⁉」

マサが素っ頓狂な声を上げる。

だけど、一度歩き出した俺の足は、止められなくって。

「綿苗《わたなえ》さん。よかったら、俺たちと……一緒の班に入らない？」

「……え？」

俯《うつむ》いてる結花のそばに立って、俺は勇気を振り絞って、言った。

結花は目を真ん丸にして、バッと顔を上げる。

なんかクラスが、ざわっとしたような気がするけど……怖いから、振り返らない。

「ほら。俺とマサも、二人で余ってるしさ。綿苗さんも、えっと……他に予定がないなら、一緒にどうかなーって……」

「……いいけど？　断る理由は特に見当たらないから。修学旅行なんて、どの班になっても変わらないし……ふへ」

なんか最後に、俺にしか聞こえないくらいの声量で家結花が零《こぼ》れ出たけど⁉

表情は学校のクールな無表情をキープしてるのに、逆に器用だな‼

「へー！　めっちゃ面白そうじゃーん‼　んじゃ、うちもまぜてよ佐方ぁ‼」

なんとなくざわついてる気がするクラスの空気を裂くように——はつらつとした声で、二原さんが言った。

そして俺と結花のそばに、駆け寄ってきて。

「いいじゃーん。文化祭頑張ったトリオで、修学旅行とか！　めっちゃ楽しそう‼　修学旅行だったらぁ……綿苗さんのメイドさんスマイルだって、また見られるかもだし？」

「……それは、ないけど」

「おい、二原！　トリオで区切んな‼　俺をハブるんじゃねぇよ……遊一がいなくなったら俺は、地獄の修学旅行になるんだぞ‼」

「分かってるって。いーよいーよ、倉井《くらい》も一緒！　四人で楽しい、修学旅行にしよー‼」

「え……桃、マジで言ってんの？」

さっきまで二原さんを誘っていたメンバーの一人が、困惑した声を上げた。

別の意味で、クラスがざわざわしはじめる。

だけど——そこは、さすがのギャル。

「いや、だってさ。さっきから、うちの取り合いで揉《も》めてんじゃん？　楽しい修学旅行で喧嘩《けんか》とか、つまんないっしょ？　だから……うちは置いといて、班決めしなって。ほら、うちは誰と一緒に回ったって、楽しめるタイプだし？」

それは半分本当で、半分嘘《うそ》だ。

二原さんは確かに、誰とでも盛り上がれる人だけど……本当の自分を曝《さら》け出せるのは、結花だけ。だからきっと、二原さん的にも、結花と一緒の班の方が楽しいんだと思う。

その上、ヒーロー気質な二原さんのことだ。

ぼっちになってる結花を放っておくとか、俺と結花の関係が疑われる事態を無視するとか——そういうことが、できなかったんだろうな。

ありがとうね、二原さん。

——そんなわけで。

俺・結花・二原さん・マサの四人で……修学旅行の班は、決定した。

第7話　【緊張】許嫁《いいなずけ》の先輩、電話でも圧がすごい

「もーいーくつ、寝ーるーとー♪　修学りょーこーおー♪」

いや、まだ一か月以上あるから。三十回以上寝るから。

っていうか、何その替え歌。遠足を楽しみにしてる小学生でも、そこまでテンション上がんないんじゃね？　って盛り上がりを見せる結花《ゆうか》。

家に帰ってきてから、結花はずっとこの調子。

夕食を作ってくれてるときも、こうして一緒にご飯を食べている今も——このハイテンションっぷりで、ずっとにこにこしている。

「結花……楽しみなのは分かったけどさ。ちょっと落ち着こうか？」

「なんでー？　だって、遊《ゆう》くんだけでも嬉《うれ》しいのに、桃《もも》ちゃんまで同じ班に入ってくれたんだよ!?　倉井《くらい》くんは、あんまり喋ったことないけど、そこまで苦手なタイプじゃないし……こんなの、私史上——最高の修学旅行になるに決まってるじゃんよ！」

「理由は分かってるし、俺もこの班になってホッとしてるけどさ……早いの！　まだ一か月以上あるのに、盛り上がりが早すぎるんだって!!」

るっての。

こんな調子で修学旅行までカロリーを消費し続けてたら、出発前に溶けて消えちゃって

俺に指摘された結花は、わざとらしく頬を膨らませて「はーい」なんて言うと、ぱくっと生姜《しょうが》焼きを口に運んだ。

そして、もぐもぐしながら……また、にへーっと頬を緩ませる。

「結花。楽しみが漏れてる、漏れてるから」

「だってぇ。楽しみしかないんだもん、仕方ないじゃんよ。私、本当は修学旅行とかすっごく苦手だから……班がどうなるか、不安だったんだ。それがまさか、こんな素敵なメンバーになるなんて――地獄から天国って感じで、なんか嬉しくって！」

「まぁ、メンバーによっては、修学旅行が地獄になるのは同意だけどね……そういう意味では、二原《にはら》さんが郷崎《ごうさき》先生を説得してくれて、ありがたかったよ」

二年A組は全部で三十四人。そして修学旅行の班分けは、六人×五組と、四人×一組。

バランスを考えたら、六人×四組と、五人×二組にするのが普通だろう。

郷崎先生も当然、その提案はした。

けれど――。

「でもさ、郷崎先生？　いったん決まったメンバーを、もう一回分け直すのって……せっかくの『青春』が、盛り下がるっしょ？」

二原さんのその意見が、鶴の一声となり。

六人×五組と、四人×一組――つまり、俺・結花・二原さん・マサの班が正式決定したってわけだ。

さすがギャル。熱血教師を、手のひらの上で転がすとは……恐ろしい子。

「桃ちゃんって、いっつも格好いいよね……ほんと、大好きっ！　桃ちゃん、見た目はすっごく可愛《かわい》いけど、中身はイケメンヒーローって感じなんだもん。桃ちゃんが男の子だったら、アイドル並のモテ方しそう！」

「勇海《いさみ》は？」

「男装コスプレしてるときは、まぁイケメンだけど。中身は……うざ可愛い？」

「那由《なゆ》は？」

「見た目も可愛い、中身も可愛い！」

なるほど。

思いつきで聞いてみたけど、結花内での近しいメンツの評価は、なんとなく分かった。

「あ……ちなみにね？　遊くんは、見た目は超イケメン！　だけど、可愛さもすっごいあるなぁ。中身は、なんていうんだろ……天使？　神？　んー、取りあえず——この世に存在する言葉では言い表せないくらい、ナンバーワンですっ！」

「聞いてないよ⁉　あと、絶対それ、認識が歪《ゆが》んでるから‼」

今度から結花が俺の話をするときは、『この遊くんはフィクションです。実在の遊くんとは、関係ありません』ってテロップを入れてほしい。

結花のバイアスがひどすぎて、架空の遊くんだよ、完全に……。


「……ちょびっとだけ、湿っぽいお話、してもいい？」


ぽつりと、消え入りそうな声で呟いたかと思うと。

結花は顔を上げて、天井を仰ぐようにしながら——語りはじめる。

「私が中学生の頃、一年くらい引きこもってたって、前に言ったでしょ？　だからね、私……中学校の修学旅行には、行ってないんだ」

「あ……」

その言葉を聞くまで気付かなかった自分が、恥ずかしくなる。

そんなこと、ちょっと考えれば——分かったことなのに。

「小学生のときは熱を出しちゃって、行けなかったこたし。だから……これが私の、最初で最後の修学旅行なんだ。えへへっ……それでなんか、必要以上にはしゃいじゃった」

「ごめん。そんな気持ちも知らないで、俺……」

「あ、ち、違うよ⁉　それで傷ついたーとか、そういうんじゃ全然なくってね？　私はもう——中学のときの心残りは、あの教室に置きっぱなしでいいから。高校で楽しい想《おも》い出《で》を、いっぱい作っていくぞーって決めたから……一緒に楽しんでほしいなって。そう言いたかっただけなんだよ‼」

辛《つら》かった中学時代。

その傷はきっと、今も結花の心に残ってるけど。

それが古傷になって、かさぶたに変わっていくようにって。

結花が全力で、『今』を楽しもうとするんなら……。

「——もちろん。俺だって結花と、二原さんとマサとの修学旅行だったら、絶対楽しいと思ってるから。だから、一緒に……楽しい想い出、たくさん作ろうね。結花」

「……うんっ！」

大きく頷《うなず》いて、ひまわりみたいな笑顔を見せる結花。

そんな結花に、俺も頬が緩んでくるのを感じる。

——ちょうど、そんなタイミングで。

結花のスマホから、ＲＩＮＥ電話の着信音が鳴りはじめた。

「わっ⁉　誰だろ、久留実《くるみ》さんかな？　それとも桃ちゃんだったりし——え？」

テーブルの脇に置いてたスマホを手に取り、画面を見た途端……結花の表情が、僅かに硬くなったのを感じた。

「どうしたの、結花？」

「ゆ、遊くん……ちょっとだけ、電話に出るけど、気配を消しててくれる？　ら……らんむ先輩からの電話だから‼」

なるほど、話は分かった。

俺はこくりと頷くと、口をギュッと噤《つぐ》む。

そんな俺に対して、ぺこりとおじぎをすると——結花はスピーカー設定にしてから、ＲＩＮＥ電話に出た。

『もしもし？　ゆうな、突然で申し訳ないけれど……話せる時間は、あるかしら？』

「は、はい！　もちろんです‼」

――こうして。

和泉《いずみ》ゆうなと、紫ノ宮《しのみや》らんむ……新ユニットを組む二人の通話が、はじまった。

◆

『一昨日、鉢川《はちかわ》さんと会ったそうね。改めて……ゆうな。二人でのユニット、成功させるわよ』

「は、はい……頑張ります、らんむ先輩！」

『頑張るだけじゃ足りないわ。必ず成功させるという……覚悟を持ちなさい、ゆうな』

電話の初手から、先輩声優の圧が凄《すご》い。

さすがは『六番目のアリス』こと、『アリステ』人気六位のらんむちゃんを演じる――紫ノ宮らんむだ。

彼女については、以前ネットで調べたことがある。

紫ノ宮らんむが、和泉ゆうなと同じ『60Ｐプロダクション』に所属するようになった時期は……なんと、半年も離れていない。

声優歴三年目。それなのに、この大御所のような風格。

『アリスアイドル』らんむちゃんは、アイドルの頂点に立つためならどんな努力も惜しまないという、ストイックでクールビューティなところが魅力のキャラクターだ。

年齢設定は高校生だが、とても高校生とは思えないほどに覚悟が決まっていて、自分にも他人にも厳しい側面がある。

けれど……アイドルのことばかり考えているせいか、私生活では意外と抜けているところも多いっていう、ギャップ萌《も》えもある。

そして、そんな彼女を演じる紫ノ宮らんむも――私生活がどうかは知らないけど、キャラそっくりのストイックでクールな声優だ。

『ユニットの打ち合わせを、早めにしておきたいと思っていてね。鉢川さんからも連絡があるでしょうけど、今週末の土日どちらかで調整したいわ。ユニットの方向性や、スケジュール感に合わせた練習……やることは山積みよ』

「は、はい！　大丈夫です、頑張ります‼」

『歌と振り付けは、既に用意されているそうだから……まずはユニット名の相談が必要かしら？　ユニット名については、私たちで決めるというコンセプトらしいから』

「は、はい！　素敵な名前にしましょう‼」

『……貴方《あなた》、コメントの内容が薄くないかしら？』

初手だけじゃなくって、ずっと先輩声優の圧が凄い。

ビデオ通話なわけでもないのに、結花はなんか正座して話してるし。

同年代のはずなのに、もう話し方から雰囲気まで含めて、紫ノ宮らんむの何度も修羅場を潜《くぐ》ってきた歴戦の先輩声優感が半端《はんぱ》ない。

まぁ、そんなクールでストイックなところが――彼女のファンの心を鷲掴《わしづか》みにしてるわけだけど。主にマサとか。

そして結花もまた……そんな先輩・紫ノ宮らんむのことを、すごく尊敬してるってのが伝わってくる。

だからこそ、今回のユニット企画についても――楽しみ半分、プレッシャー半分って感じなんだろうな。

『……ゆうな。少し前、電話で話したのを覚えているかしら？』

「あ、はい！　私が電話に出られてなくって、まだ久留実さんからユニットの話を聞けてなかったときですよね？」

『あのとき、伝えた言葉……その気持ちは変わっていないわ。貴方にとって、これが飛躍に繋《つな》がる機会になると願っていること。そして……私の足を引っ張らないよう、本気で挑んでほしいと思っていること』

それは、和泉ゆうなへの激励の言葉。

そして、手を抜くような真似《まね》は絶対に許さないという——明確な意思表示。

声だけでもひしひしと伝わってくる、凄《すさ》まじいまでのオーラ……これが三年目にして人気声優への階段を駆け上がっている人間の、気迫ってやつか。

そんな先輩・紫ノ宮らんむに対して。

結花は——和泉ゆうなは、すぅっと大きく息を吸い込んで、言った。

「——らんむ先輩から見たら、まだまだひよっこな私ですけど。絶対に、らんむ先輩の足を引っ張ったりしません。私がらんむ先輩の隣に立つなんて、まだ信じられないですけど……やる以上は、全力を出します」

『その言葉を聞きたかったわ』

まるで、スポ根マンガのようなやり取り。

華やかな声優業界の裏では、こんな熱い会話が繰り広げられてるのか。

……いや。紫ノ宮らんむが特別なのか、他の声優さんもそうなのかは、素人《しろうと》の俺には分かんないけどね。

取りあえず今日の電話は、「今度打ち合わせをしよう」の連絡……って感じなのかな？

なんか俺まで緊張しちゃったけど、まぁそこまで大ごとな電話じゃなくてよかった。

さぁ、電話が終わったら、二人でのんびりしよ――。

『ところで、ゆうな。今回の企画は「アリラジ」――ラジオでの共演がきっかけで、オファーがきたものだけれど。聞いたところによると、貴方の「弟」に関する、私と貴方とのやり取りが話題になっているらしいわね』

――油断大敵。

電話口の向こうから、突如として爆弾がぶっ込まれた。

結花の表情も、僅かに硬くなる。

「あ、そ、そうみたいですね！　久留実さんも言ってました‼　いやー、まさか『弟』の話をしただけで、こんなに取り上げられるとは思わなかったですよー」

『ええ。それで鉢川さんが――貴方の「弟」さんに、会ったらしいわね？』

結花の表情が、今度は完全に固まった。

多分きっと、俺も同じ顔してると思う。

「え、あ、あー……ちょびっとですけど、会いましたね。そ、それが何か……」

『それで私は聞いたの。本当に弟でしたか、って。そうしたら鉢川さんは……「しっかりした弟さんだったよ」と言っていたわ』

そうか、鉢川さんは——紫ノ宮らんむには、俺が本当の弟じゃなかったって事実は、今のところ伝えてないのか。

結花にとっても、鉢川さんにとっても……彼女に真実を告げることは、懸念《けねん》事項だったからな。説明するにしても、今じゃないって判断したんだろう。

さすがは大手声優事務所のマネージャー。

完璧な対応をしてくれ……。

『——けれど。正直、私には——ピンとこなかったわ。視線の動き、声の出し方、身振り……どれも違和感があった。鉢川さんは果たして、「真実」を伝えていたのかしら？』

……こっわ⁉

え、声優って他人の視線とか声とかで、嘘《うそ》を吐《つ》いてるかどうかとか分かんの？

そんなことできるの、メンタリストとかギャングとか、一部界隈《かいわい》だけだと思ってたよ。

「ナ……ナンのコト、デショー？」

そして、こっちの声優はとんでもないポンコツだな⁉

これはさすがに、素人目に見ても嘘を吐いてるって分かるぞ⁉

『──まぁ、いいわ。いずれにせよ、ユニットを組むに当たって、そのことは自分の目できちんと確認しておかなければと思っていたから。鉢川さんがどんな態度を取っていたとしても……同じお願いをしたはずよ』

「え、お、お願い……ですか？」

──ぞくっと。

なんだか背筋を冷たい風が吹き抜けていったような、そんな奇妙な感覚がした。

そして……その虫の知らせが当たったように。

紫ノ宮らんむは、淡々とした声色で──恐ろしいことを告げた。

『ゆうな。できれば、今度の打ち合わせのとき──短い時間でかまわないわ。私と「弟」さんを、会わせてくれないかしら？』

第8話　最近、許嫁《いいなずけ》の様子がおかしい件について

――なんだか、昨日から結花《ゆうか》の様子がおかしい。

昨日の夜、紫ノ宮《しのみや》らんむとの電話が終わった直後は「あー、緊張したよぉ……」とは漏らしてたけど、いつもどおりな感じだったはず。

なのに、お風呂《ふろ》から出て、リビングに戻ってきた結花は――学校仕様の結花をも凌《しの》ぐほどの無表情と化していた。

びっくりして「どうしたの⁉」って聞いたんだけど、「なんでもないわ。なんでも……ね」と思わせぶりな発言をするだけ。

そして結花は……数か月ぶりに、俺と一緒の部屋で寝なかった。

今朝は今朝で、食欲がないのかご飯も食べずに登校。このときも、数か月ぶりに俺と別々に家を出た。

授業が終わった後は、そそくさと教室を出ていって――俺より一時間くらい後に帰ってきた。しかも、なんか全身汗だくで。

もちろん「どうしたの⁉」って聞いたんだけど、「なんでもないの。本当に……なんでも、ないの」と、やっぱり思わせぶりな発言。

そして現在、結花は入浴中だ。


「……どう思う、那由《なゆ》？」

『知らね』

「その瞬間は落ち込んでる感じじゃなかったんだけど、やっぱり先輩声優との電話のダメージが、後から来たのかな？」

『だから、知らないっつーの』

真剣に悩みを打ち明けてる兄に対して、冷たい奴《やつ》だな。

海外にいる妹に電話で相談するくらい、こっちは悩んでるってのに。

そして那由は、電話口でも分かるくらいの大音量で、ため息を吐いた。

『はぁ……情けな。あたしに聞かずに、結花ちゃんに直《ちょく》で聞けし』

「いや、立ち入っていい話なのか、全然分かんないから……客観的な意見が聞きたかったんだっての」

『あたしは、占い師かなんかか。分かんないって、そんなん。いいから夕飯でも食べて、自分の脳を活性化させて考えてみろし』

「……夕飯、か。そういや夕飯も、なんか変だったな……」

今日の食卓に並んでいたのは、ししゃもと煮干しだけだった。白米すらない。紛《まご》うことなき、ししゃもと煮干しだけ。そういや今朝も、ししゃもと煮干しだけだったわ。ししゃもと煮干しの地獄。

「なんだろう――魚の霊にでも取り憑《つ》かれたとか？」

『馬鹿？』

短い暴言の方が人は傷つくんだぞ、那由？

確かに今の発言が愚かだったってのは、認めるけど。

『……ん？　お風呂入って、不機嫌になって？　ししゃもと煮干し？　……ふむ。謎はすべて、解けたし』

「は？　マジで？　一体、結花に何があったってんだよ、那由？」

『ネークスト、那由ずヒーント。ぱぷー、ぱぷー……脱衣所』

「なに今の茶番。ってか、脱衣所ってなんだよ？」

『とりま、結花ちゃんがお風呂出たタイミングで、脱衣所に行くべし』

「犯罪じゃない、それ？　さてはお前、口車に乗せて俺を犯罪者に仕立てあげようとしてるだろ？」

『はぁ？　マジで答えてやってんのに、それに対する返しが誹謗《ひぼう》中傷？　最悪……兄さんの、ベルゼブブ。けっ』

なんかハエの悪魔の名前で罵倒されたかと思うと、プツッとＲＩＮＥ電話がぶった切られた。

いや、だって風呂上がりの女子がいる、脱衣所に行くとか。

捕まるよ、マジで？

……でも、なんかいつになく真面目にキレてたな、那由。

ひょっとして、ふざけているようで――ちゃんとしたヒントだった？

でもなぁ。普段が普段だからなぁ。信憑《しんぴょう》性は、五分五分くらいだな。

だけど――やってみなくちゃ分からないし、分からなかったらやってみるしかないか。

ってなわけで。

俺は……引き戸で閉め切られた脱衣所の前に、移動した。

引き戸の向こうには、既に風呂上がりの結花がいるらしく、ごしごしとタオルで身体《からだ》を拭いてる音が聞こえてくる。

……なんも見えないけど、凄《すさ》まじい背徳感がするな、これ。

そして――突然の無音。

しばらくして、「ひぃぃぃぃ……」という小さな悲鳴とともに、ドシンッと尻餅でもついたような音が聞こえてきた。

それは……五分五分だと思ってた那由のヒントが、正解だったと確信した瞬間だった。

「結花！　どうしたんだ、変な声がしたけど⁉」

「ひゃっ⁉　ゆ、遊《ゆう》くん、なんでそこに⁉　あっち行って！　ぜったい、ぜーったいドア開けちゃ、だめ‼　だって、こんなの……大事件だもん。絶対に――見せらんないよ」

――大事件、だと？

奇《く》しくも、那由が物真似《ものまね》してた某名探偵と、話が繋《つな》がった。

これは間違いない。

結花は、何か大変な事件に巻き込まれていて……俺に迷惑を掛けないよう、距離を取ろうとしてるんだ！

真実はいつもひとつ。事件は脱衣所で起こってる。

だけど、許嫁の危機に――黙って引っ込んでられないから。

俺はガタッと……引き戸に手を掛けた。

「結花、開けるよ！」

「なんで⁉　ばかなの⁉　絶対だめって、言ってるじゃんよ‼」

そして俺は思いきって、引き戸を開け放った。


――そこに立っていたのは。

バスタオルを身体に巻いた、湯上がりで肩も頰も真っ赤に染まってる結花。

そしてその、足の下に置かれているのは――体重計。

…………体重計？

「あ。ひょっとして、それが昨日から、結花が不機嫌な原い――」

「…………遊くんのぉぉぉぉぉ、ばかぁぁぁぁぁぁぁぁぁ‼」

結花が大絶叫する中、その辺に置いてあったドライヤーが飛んできて。

俺は凄まじい鈍痛とともに――目の前が真っ暗になった！

◆

しばらく経《た》って。

俺は額に冷熱シートを貼って、カーペットの上に正座している。

一方の結花は、寝間着用の水色ワンピースを着たまま、ソファに座って俺のことをめちゃくちゃ睨《にら》んでる。

「えっと……結花さん？」

「ふーんだ！　ぜーったい、許さないもん‼　遊くんが、乙女の純情を踏みにじった……もうお嫁にいけないじゃんよぉ！」

「こんなこと言うのもなんだけど——俺と結婚、するのでは？」

「あ、そっか。遊くんがもらってくれるから、別にいいのかぁ……って、なるかー！　ばかー‼」

ノリツッコミみたいなテンションで、結花がクッションを投げつけてきた。

ストレートに顔面にぶつけられると、柔らかいクッションとはいえ、さすがにちょっと痛い。

「うぅ……どうしてこんなひどいことが、現実に……」

「はい。このたびは本当に、配慮に欠ける行動をしたと反省しています。ただ、反省をしていると言いながら反省の色が見えないということであれば、それは自分自身の問題だと反省――」

「……遊くんは、もう許したもん」

ぼそりと、結花が呟《つぶや》いた。

「え？」

思わぬ雪解けの言葉に、顔を上げると――結花はぷっくりと頬を膨らませながら、でもかまってほしそうな目でこちらを見ている。

「ひどいのは、現実だもん。遊くんじゃないもん」

「えっと……それってどういう……？」

「あー。話すにしても、なんだか頭の上が寒いなぁー。なんだか、なでなで不足だなぁー。どうしたらいいんだろー」

わしゃわしゃわしゃ。

ご機嫌を直してもらうため、俺は全身全霊を込めて、結花の頭を撫《な》で回《まわ》した。

結花はくすぐったそうに「うんうん。いいよー、いいよー」なんて言ってる。

「えへへっ、良《い》いなでなで大賞でしたっ！」

「それで？　結花が昨日からテンションが低くなってた原因の――『現実』ってのは、なんのことなの？」

「……うー。んー……でもなぁ、遊くんは二次元好きだもんなぁー……」

「はい？　なんの話？」

「……先に言っとくけどね？　アニメに出てくるような、くびれがすごくて胸がおっきい三次元女子なんて、まずいないんだからね？　二次元だけじゃなく、現実を見て！」

「なに、その急な罵倒は⁉　確かに俺は二次元オタクだけど、二次元と現実を混同してるわけじゃないからね⁉」

――なんて。

長々とした前置きをしてから。

結花は、おっかなびっくりといった様子で……言った。

「……増えてたの。ちょびっと！　ほんのちょびっと、なんだけどね？」

「増えてた？　まさか……ゆうなちゃんの、出番？」

「ばーかばーか！　ぜーったい分かってるでしょ、流れ的に‼　うー……体重、だよぅ」

小粋なジョークで和ませようとしたら、めちゃくちゃ怒られた。

いや、まぁ……体重計に乗って悲鳴上げてたからね。なんとなくオチは、途中で読めてたけどさ。

「ライブに向けて、スタイルを維持しなきゃって思ってね？　最近はほら、文化祭とか色々あって、運動サボっちゃってたし……それで昨日、久しぶりに体重計に乗ってみたの。そしたら……」

「……そしたら？」

「うにゃー！　聞くなー、ばかー‼」

結花がソファの上で、プチ暴れをはじめた。

俺は慌てて結花の頭に手を置いて、わしゃわしゃと髪を撫でる。

「はい、静まりたまえー」

「……ふにゅ」

落ち着いた。

センシティブなんだか、単純なんだか、よく分かんないな。うちの許嫁《いいなずけ》は。

「とにかくね――ちょびっとだけど、太っちゃって。落ち込んでまーす……」

「えっと……こういうとき、なんて言えばいいのか、正解が分かんなくてごめんだけど。結花——どう見たって、いつもどおりだよ？　どっちかといえば、もともと痩せ型な方でしょ、結花は」

「人の目は誤魔化せても、体重計の針は誤魔化せないもん」

なんか睨まれた。

なるほど。フォローしようとすればするほど、ドツボにはまるやつか。

ちょっと黙っていよう……。

「はぁー……どうせ体重が増えるなら、胸にお肉ついてくれたらよかったのになぁー……そしたら遊くんを、悩殺できたのにぃ……ついてないよねぇ……」

もにゅもにゅっと。

なんかやさぐれ気味になった結花は、服の上から自分の胸をもにゅもにゅしはじめた。

「下から、寄せてあげたら……っ！　胸にお肉が移動しないかな……っ‼」

そして結花は、お腹《なか》の方から胸に向かって、手のひらを使って皮下脂肪を運ぼうと——。

「って、やめてやめて⁉　そういうのはせめて、自分の部屋でやって⁉」

「そうですよねー……貧乳なのに太っちゃった、惨《みじ》めな私のあがきなんて、見たくないですよねー……」

「凄《すさ》まじい自虐だな⁉　そんなこと、一言も言ってないわ‼」

単純に目の毒っていうか、男子の頭をおかしくしちゃう行動だから、やめてって言ってんだよ‼　無防備すぎるの、家の中の結花は！

「――よしっ。私、決心した！」

なんかドッと疲れた俺のそばで、結花は急にガッツポーズをしたかと思うと、瞳に炎を宿し……こちらを見てきた。

そして、強い口調で告げる。

「私、今日から――ダイエット作戦、開始する！　ライブに出ても恥ずかしくないようになるためにも、スタイル抜群になって遊くんを……めろめろにするためにも‼」

「いや、だから別に、今のままでも十分……」

「だから、遊くん……私のダイエット作戦に、協力してくださいっ！」

「はい⁉」

またなんか、突拍子もないことを言い出したぞ。うちの天然な許嫁は。

けれど、当の結花は至って真面目な顔で、俺に力説してくる。

「こういうのって、自分だけでやるとサボっちゃうから、誰かにちゃんと見守ってもらった方がいいって言うじゃん？　しかも私にとって、一番怖いのは……太った私に、遊くんが愛想《あいそ》を尽かしちゃうこと。つまり──遊くんが見ていることで、私には二重のプレッシャーが掛かるから、ダイエットの成功率も格段に上がるはず！」

「いやいや⁉　正しいこと言ってるようで、がばがば理論だからね、それ⁉」

「……へー。協力してくれないんだー。脱衣所に勝手に入ってきて？　乙女の秘密を無断で暴いて？　私をこんなに辱《はずかし》めたのに？　へー、ふーん、へー」

……………ぐぬぬ。

これも全部、佐方《さかた》那由って奴《やつ》の仕業なんだ。

「だから、ごめんだけど……よろしくお願いします、遊くんっ！　これから私──変わるから‼」

とまぁ、そんなこんなで。

結花のダイエット作戦（ｗｉｔｈ俺）が、はじまったのだった……。

第9話　女子のデリケートな話題で、地雷を踏まないのって無理ゲーすぎない？

土曜日。

明日は確か、鉢川《はちかわ》さんと紫ノ宮《しのみや》らんむとの、新ユニットについての打ち合わせが入ってるはずなんだけど。

「そんなことすら、忘れてるんじゃないかってほど――今の結花《ゆうか》は、違うことに気合いが入りまくっている。

「秋だけど、朝早くは結構寒いねー、遊《ゆう》くん」

「まだ、五時だしね。早朝も早朝だから、そりゃ寒いよ……」

「だって遊くんが、知り合いのいない時間帯にしようって言ったからじゃんよー」

そんな雑談を交わし合ってる俺と結花は――お互いにジャージに着替えていた。

長めの前髪が掛からないように、タオルをはちまきみたいに巻いて、ジャージを着ている俺。

そして眼鏡は掛けてないけど、髪の毛はポニーテールに縛ってる、家と学校の中間みたいなジャージ&ショートパンツスタイルの結花。

普段がインドアな生活をしてるもんだから、なんだか馴染《なじ》まないな。この感じ。

そんなことを考えつつ、俺は結花と一緒に――家の前で屈伸をしたり、アキレス腱《けん》を伸ばしたりと、準備運動をする。

そう……そして、この準備運動が終わったら。

俺は結花のダイエット作戦に付き合って――一緒にジョギングをするんだ。

「……もう一回だけ、確認だけど。結花、本当に――ジョギングするつもりなんだね？」

「もっちろん！　増えちゃった体重を落とすには……有酸素運動‼　ライブに出るに堪えるプロポーションになるために、遊くん好みな魅惑のスタイルになるために――私、頑張るんだから‼」

「きっと届かないと思うけど、最後にもう一度伝えるよ？　俺はこれっぽっちも、結花が太ったなんて思ってないからね？」

「ありがとう。でもね……数字はいつだって、残酷なんだよ。遊くん」

僅かな願いを掛けて放った言葉は、やはり届くことなく。

ダイエットという悪魔に取り憑《つ》かれた結花は……ジョギングを開始した。

「はぁ……はぁ……」

冷たい空気が喉に吹き込んできて、俺は思わず咳《せ》き込みそうになる。

それ以前に、息が上がってきて、ただただしんどい。

自慢じゃないけど――俺は運動することが、まったく好きじゃない。

スポーツの秋より、読書（マンガ、ラノベ）の秋。

休みの日は家に籠もって、アニメを観《み》たり『アリステ』をしたりして過ごしたい派。

「遊くん、大丈夫？　もうちょっと、ペース落とそっか？」

「い、いや……まだ、いける……」

一方の結花は、汗びっしょりではあるけれど、まだ余力のありそうな顔をしてる。

さすがは声優。

普段の生活は俺と同じくインドアな結花だけど、やっぱりレッスンとかちゃんと受けているからか――基礎体力が違う。

今どきの声優さんって、声を当てる以外にも、歌とかダンスとか、色んなことを求められがちだもんな。

結花だって、これまでライブの機会なんて、ほとんどなかったけど……ユニット企画が決まった途端、いきなりインストアライブを五地域だもんな。

いつなんどき、そうなっても大丈夫なように、基礎レッスンを頑張ってきたんだろう。

――とはいえ。

未来の『夫』として、結花より先にバテるってのは……さすがにできない。

二次元命な俺だけど、それくらいのちっぽけなプライドはあるんだよ。男として。

「……よし、結花。ペース上げよう」

「え、上げるの⁉ 遊くん、倒れちゃわない？」

「大丈夫。ゆうなちゃんの声で応援されたら――体力が全快する仕様だから」

「どんな体質⁉ でも、そういうことだったら……こほん。ほらほらぁ、頑張って！　ゆうなはそんな風に、一生懸命なあなたのこと――大好きだよっ‼」

――佐方遊一《さかたゆういち》の体力ゲージが、全回復した。

ぼんやりしてきていた脳内が、クリアになる。

なんだか視界が開けて、手足が軽くなる。

今なら空を飛ぶことだって――できるんじゃないかって、思うほどに。

さすがは、ゆうなちゃん……癒やしの女神だわ。

「ちょっ、遊くん⁉　すごっ、ほんとにペースアップした……っ！」

「ゆうなちゃんの声があれば――俺はいつだって、全力になれるから！　だから結花のダイエット……ひとっ走り、付き合うよ‼」

「……ありがとう、遊くん。よぉ～っし！　絶対に素敵なぼでぃになって、ファンも遊くんも、魅了しちゃうんだからっ‼」


そんなこんなで。

俺と結花は一時間以上、早朝の町中でジョギングをしたのだった。

そのときは、まさか――あんな結末が訪れるなんて、思ってもなかったけど。

◆

「はぁ……疲れた……」

ジョギングを終えて帰宅した俺は、玄関を入ってすぐの廊下に倒れ込むと、仰向けになってぜぇぜぇと荒い呼吸をする。

全身からは汗が噴き出してるし、脚はめちゃくちゃ痛い。

「ふへぇ……私も、疲れたぁ……」

そんな俺の横に座り込んだ結花は、ぐったりと頭《こうべ》を垂れた。

前髪が汗で額にくっついていて、頬は真っ赤に染まっていて。

なんていうか……健康的な色気を感じる。

「いい運動になったけど……熱くなっちゃったね。最初はあんなに、寒かったのに」

「そうだね……まだ心臓あたりがバクバクしてるし、普段の運動不足を実感したよ……」

「あはは、っ……それにしても、あっついー……」

そう言いつつ、結花はジャージの前側を開けると、白いTシャツを露《あら》わにした。

そしてパタパタと手を振って、自分に向けて風を送りはじめる。

あれ……なんだろ？　Tシャツの胸元あたりが。

なんだか、ピンク色に見えるような気が——。

「…………っ！」

それが、いわゆる『透けブラ』だと気付いて、俺は大慌てで結花から視線を逸《そ》らした。

だけど……吸い寄せられるように、俺の目は再び、結花の胸元へ向いてしまう。
汗でぴったり肌にくっついた、白いTシャツ。
そのせいで、結花のスレンダーな体型が服越しにも分かるほどになってる。
そのくっつき加減は、胸元も同じで――小ぶりだけど綺麗《きれい》なラインが出ていて。
同時に――その胸を覆ってるピンク色のブラジャーが。
完全に透けて……レースの形までくっきりと、浮き出してしまっている。
「……？　遊くん、どうしたの？　そんなにじっと見て……」
「あ、い、いや！　なんでもない、なんでもないよ‼」
きょとんとする結花と目が合ったところで、俺は慌てて顔を背けた。
まずいまずい。
いくら許嫁《いいなずけ》とはいえ――服が汗で透けてる様子をまじまじ見るのは、人として駄目だ。
だけど……何を思ったのか。
結花は俺の頭に、そっと手を添えると――ぐいーっと。
俺の顔が自分の方へ向くように、無理やり動かした。
――汗で透けて見える、艶《なま》めかしいボディラインが。
――レース付きのピンク色のブラジャーが。

結花の服の下、そのすべてが……視界いっぱいに飛び込んでくる。

「ちょっ、ゆ、結花⁉　何してんの⁉」

頭を固定されてるもんだから、俺は慌てて目を閉じて、見ないように配慮する。

なんて、こっちは気を遣ってるってのに……結花はなぜだか嬉《うれ》しそうな声色で、囁《ささや》くように言った。

「えへへっ……いいよ？　もっと見て？　私の、こと……」

「えっ⁉　見て――いいの？」

「……うん。だって遊くん……私のこと、見たかったんでしょ？」

何この、悪魔の囁き。

こんなの、相手が許嫁じゃなかったら、真っ先にハニートラップを疑うわ。引っ掛かったら、黒ずくめの男たちに連行されるんだろ？　知ってる知ってる。

だけど……相手は俺の許嫁、綿苗《わたなえ》結花で。

そんな結花が「いいよ」って言ってるんだから……。

――見て、いいのか？

俺の中の理性と本能が戦って……割と早々に、理性がKO負けした。

そして俺は、ゆっくりと目を開ける。

結花の透けた身体《からだ》が、視界いっぱいに広がる。

「えへへっ。やっぱり運動してよかったなぁ……有酸素運動って、速攻痩せ効果があるんだねっ！　だって遊くん、私のスタイルが良くなって――めろめろになったんでしょ？」

「………うん？」

「よーし、それじゃあ遊くん！　痩せた私のスタイルに、めろめろになるがよいー」

そう言って、右腕を頭の後ろに当てると。

ちょっと照れ気味なドヤ顔をしながら、結花は――グラビアみたいなポーズを決めた。

そんな体勢を取れば、当然だけど胸元がより強調されるから……『透けブラ』の状況はさらに悪化して。

もう服なんて、あってないようなもんだ。

「はい、ゆーくんっ！　さっきまでより、痩せた私を見た、感想をどーぞっ！」

「え……あ、んと……ピ、ピンク？」

「……ピンク？」

動揺してつい口走っちゃった俺の言葉に、結花は怪訝《けげん》な表情を浮かべて。

俺の方に向けていた視線を――ゆっくりと自分の身体へと、落とした。

――そして。

「うきゃあああ⁉　す、透けてるー⁉」

「ごめんなさい、ごめんなさい！　結花が見ていいって言ったから、俺の中の悪魔が‼」

平謝りする俺の前で、結花は両腕で胸元を隠すと。

頰を真っ赤に染めて、唇を尖《とが》らせて——上目遣いに言った。

「……ごめんね。不意打ちだと心の準備ができなくって……恥ずかしいから。えっと、見たいって思ってくれたのは……ちょびっと嬉しいんだけど、ね？」

「嬉しい……の？」

「そんなの、聞き直さないでよ……えっち」

そして結花は、「えへへっ」とはにかむように笑うと。

囁くように、言った。

「大好きな遊くんだもん。魅力を感じてくれたんなら——嬉しいに決まってるじゃんよ」

◆

そんなこんなで——俺は汗だくになってた身体をタオルで拭いて、部屋着に着替えると、リビングのソファに腰掛けた。

なんだか思った以上に、脚がパンパンになってるな……。

ちなみに結花は、先にシャワーを浴びに行ってる。

――ジョギングに、即効性があるのかは知らないけど。

少しでも結花にとって、満足いく結果が出てたらいいなって思う。

昨日と一昨日みたいに、ひどく思い悩んでる結花の姿なんて……見てられないから。


「……ひぃぃぃぃ……もう、おしまいだよぉぉぉ……」


か細い悲鳴が聞こえたかと思うと――ガチャッとリビングのドアが開いて。

部屋着姿になった結花が、ばたりとその場に倒れ込んだ。

「ゆ、結花⁉　だ、大丈夫？」

「大丈夫じゃないでーす……どうも、全然体重の減らなかった、ぽっちゃり結花ちゃんでーす、こんにちはー……」

「とんでもない自虐だな⁉　だから全然、ぽっちゃりじゃないから、落ち着いて⁉」

絶望してる結花をフォローしつつ――俺はさすがに、おかしくない？　って思う。

だって、あんなにジョギングしたんだよ？

さすがにまったく減らないってのはおかしくないか？

ひょっとして、体重計に問題があるんじゃあ……。

というわけで――絶望に打ちひしがれてる結花を連れて、俺は脱衣所に移動した。

そこにあるのは、件《くだん》の体重計。

「ちなみに結花、前に比べてどれくらい増えてたの？」

「……はいはい、二キロですよーだ。二キロ！　女子高生が、二キロ増量‼」

騒がしい結花は、ひとまずスルーして。

取りあえず俺も、その体重計に乗ってみる。

針がぐらぐらと揺れて、指した先の体重は…………。

「……うん。俺も前に計ったときから、二キロ増えてるな」

「いやぁぁぁぁ……ってことは、私の用意する食事がよくなかったってこと？　こんなんじゃ、とても遊くんのお嫁さんになんて、なれないよぉぉぉ……」

「違う違う。そうじゃなくって――体重計がずれてんじゃないのって、言いたいの！」

「……へ？」

体重計から降りると、針の調整ができないかなと思い、ひっくり返してみる。

すると――そこには、なんかノートの切れ端みたいなメモが貼り付けられていた。

『どう？　ダイエットを名目に、子作り運動に発展するのを、期待してるし』

──またこいつの仕業か‼

「けけけっ」と小悪魔みたいに笑う那由《なゆ》の姿を幻視して、俺は深くため息を吐《つ》いた。

「……変だとは思ってたんだよな。文化祭の後、なんのいたずらも仕掛けず、帰ってったから。あの愚妹が、なんもしないわけがないんだよな……ってわけで、結花。今回のダイエット騒動は、那由が体重計に細工を仕掛けたからで──」

「……遊くん。ちょっと、電話してきていいかな？」

──その後。

電話口で、修羅のような勢いの結花に怒られた那由は。

涙声で「ごめんなさい、もうしません」を連呼することになったのだった。

まぁ……完全にあいつの、自業自得《じごうじとく》だけど。

第10話　声優ユニットの打ち合わせが、思った以上に白熱してるんだけど

「こんにちは、遊一《ゆういち》くん」

日曜の朝、我が家にやってきたのは——和泉《いずみ》ゆうなのマネージャーである、鉢川久留実《はちかわくるみ》さんだった。

毛先に緩くパーマの掛かった、茶髪のショートボブ。

しかもスレンダーで高身長という、マネージャーっていうよりかは、モデルみたいに見える風貌。

上まぶたにオレンジ色のアイシャドウ、唇にピンクのルージュという大人っぽい化粧も、それを引き立てているのかもしれない。

白いシャツの上に羽織った黒いジャケットを整えて、タイトスカートから覗《のぞ》くほっそりとした脚を揃《そろ》えると——鉢川さんは、深々とおじぎをした。

「あ、えっと……いつもお世話になってます」

いかにも社会人らしい丁寧な挨拶をする鉢川さんに対して、俺はしどろもどろになりながら、取りあえずおじぎで返す。

社交性の低さに、我ながら落ち込む……。

「おはようございます、久留実さん！」

そんな俺の後ろから、はつらつとした挨拶が聞こえてきた。

雲ひとつない青空以上に透き通った、伸びやかで美しい声色。

宇宙の美を具現化した存在、ゆうなちゃん。

振り返った先にいたのは、そんなゆうなちゃんと見紛《みまが》うかのような格好をした——和泉ゆうなだった。

頭頂部でツインテールに結った茶髪。

その頬のあたりで、いわゆる触角がひょこひょこと揺れている。

着ているのは、ピンクのチュニックに、チェックのミニスカート。

スカートと黒いニーハイソックスの間にできた絶対領域は、もはや天国なんじゃないかとすら思う。

そんな可愛《かわい》いしかない格好をした、結花《ゆうか》こと和泉ゆうなは、元気に笑った。

「今日はよろしくお願いしますっ！　緊張しますけど、私——頑張りますっ!!」

「おはよう、ゆうな。今日はよろしくね。わたしも全力で、フォローするから」

声優とそのマネージャーが、なんだか盛り上がっている。

一ファンである俺は――そんな貴重な場面に立ち会っているという奇跡に感動を覚えていた。


今日はこれから、新ユニットの打ち合わせがある。

マネージャーである鉢川さんが立ち会う中で。

和泉ゆうなと、紫ノ宮《しのみや》らんむが――顔を合わせて、話し合いをする。

カリスマ性に溢《あふ》れた先輩との打ち合わせを控えた昨日の結花は、とにかくそわそわと落ち着かなかった。

そして今は、緊張がピークに達したのか……逆にハイテンションになってる。

「遊一くんも、準備は大丈夫かな？」

「……一応着替えましたけど。えっと、本当に俺も行くんですか……？」

「もちろんだよっ！　遊《ゆう》くんがそばにいると、私はいつだって百人力……ううん、一億人力なんだから‼　こんな大事な局面に遊くんがいないとか、ありえないじゃんよ‼」

「ごめんね。ゆうながどうしても……って言うからね。わたしの方ではひとまず、打ち合わせ場所の近くに、遊一くんが控えられるようセッティングするつもり」

「すみません……なんか色々と、ご迷惑をお掛けして」

自分の担当声優に、実は隠れ許嫁《いいなずけ》がいた！

――ってだけでも、相当な心労を掛けてると思うから。

打ち合わせの場面まで配慮してもらって、さすがに申し訳なくなる。

そんな俺の気持ちを察したのか、鉢川さんは明るい口調で言った。

「いいの、気にしなくって。これがマネージャーってものだからさ」

「久留実さん、いつもありがとうございます。迷惑ばっかりで、ごめんなさい。だからその分、本当に全力で――らんむ先輩と、話しますね！」

「だけど、ゆうな……『弟』さんの件は、どうするつもりなの？　昨日、電話でらんむと話したら、あの子――今日はゆうなの『弟』さんと会うつもり、満々だったけど」

鉢川さんがちらっと、俺の方を見てくる。

え、ひょっとして結花――俺と紫ノ宮らんむを、対面させるつもりなの？

どう考えても、血の雨が降る未来しか見えないけど……。

「あ、違うよ！　あくまでも遊くんには、私の心の支えとしてそばにいてもらうだけ‼」

そんな俺の不安を感じ取ったのか、結花はにっこり笑ってフォローしてきた。

「えっと、じゃあ『弟』の件は、どう処理するつもりなの？」

「それについてはね、私なりに『作戦』があるからっ‼」

「作戦って？」

「ふふふ……」

いやいやいや、ふふふ……じゃないよ⁉

なんで「見てのお楽しみ」のテンションでいるの⁉

結花の考えた『作戦』とか――申し訳ないけど天然さんな結花だから、何をしでかすのかって、不安の方が大きいんですが。

だけど結花は、なんだか張り切ったテンションで、右手を大きく伸ばして。

「よーし、じゃあ遊くん、久留実さん……頑張っていきましょー‼」


こうして。

結花は黒いキャップを目深《まぶか》にかぶり、薄手のロングコートを羽織って、人目につかないような変装をすると。

決戦の地――紫ノ宮らんむとの打ち合わせ場所に向かって、意気揚々と歩き出した。

◆

俺と結花は鉢川さんの車に乗せてもらって、ぎりぎり都内に入る場所に移動した。
そこにある、クラシックな内装をした、おしゃれな喫茶店。
チェーン系のお店に比べると高級感が漂う、静かで雰囲気の良《い》い店内。
この場所がどうやら、打ち合わせの場所らしい。
「すみません。予約していた『鉢川』です」
そして、和泉ゆうなと鉢川さんは、対面になるようにしてテーブルについた。
一方の俺は――そこからちょうど、斜め向かいの席に案内される。
なるほど。ここからだと、結花の顔がばっちり見えるな。
そんな確認をしつつ……俺は慣れない伊達《だて》眼鏡を、カチャカチャといじる。
……俺まで変装する必要、あるかな？
結花が「念のため！」って押してきたから、一応掛けてはいるけど。
「…………‼」
すると、俺と目の合った結花が――口元をめちゃくちゃ緩ませて。

もじもじしながら、小さく手を振ってきた。

……まさかと思うけど、俺の伊達眼鏡姿を見たいから、掛けさせたんじゃないよね？

なんでそんなにテンション上がってんの、結花は？

まぁ、今さらいいんだけど――紫ノ宮らんむが来たら、絶対そういうことしちゃ、駄目だからね？

大丈夫だと思いたいけど、普段が天然全開な結花だから……無意識にやらかしちゃうんじゃないかって、心配になるわ。

「すみません。お待たせしました」

すると……淡々としてるのに、やけによく響く綺麗《きれい》な声が聞こえてきた。

そして、ハット状の帽子で目元を隠している一人の少女が、結花たちのテーブルの方に歩いてくる。

――紫ノ宮らんむだ。

その圧倒的な存在感に、俺は思わず息を呑《の》んでしまう。

腰まである、まっすぐな紫色のロングヘア。

そして、ステージ上のロックな衣装とは異なる、黒を基調としたゴシックな服装。

これは、間違いない――らんむちゃんの、私服姿を再現した格好だ。

「お疲れさま、らんむ。じゃあ、らんむはこっちの奥に」

「ええ。失礼します、鉢川さん」

立ち上がった鉢川さんに促され、紫ノ宮らんむは結花の対面の席に座った。そしてその隣に、鉢川さんが座り直す。

――ゆうなちゃんを模した格好の和泉ゆうなと、らんむちゃんを模した格好の紫ノ宮らんむが、喫茶店で向かい合ってる。

何これ。俺は『アリステ』の世界にでも、ダイブしたの？

なんかごめんな……マサ。

状況的に呼べるわけないんだけど、俺だけこんな夢みたいな場面に立ち会っちゃって、申し訳ない。

まぁ、あいつがここにいたとしても――間違いなく大騒ぎして、店員に摘まみ出されてるだろうけど。

「ゆうな、今日はよろしくね」

「は、はい！　よろしくお願いします……らんむ先輩‼」

俺の位置からだと、紫ノ宮らんむは背中しか見えないけれど。

そのピンと伸びた背筋と、優雅な佇《たたず》まいに……オーラを感じずにはいられない。

これが、『六番目のアリス』らんむちゃんの声優――紫ノ宮らんむ。


――そして挨拶が終わり、各々《おのおの》の注文したドリンクが運ばれてくると。

三人は新ユニットに関して、打ち合わせをはじめた。

ちなみに俺は、そんな様子をちらちら見守りながら、コーヒーを啜《すす》っている。

「まずはこれが、二人のユニットの曲の歌詞。あと、振り付けは――一応、こんなイメージだって」

鉢川さんは歌詞が書かれているらしいペーパーを二人に渡してから、自分のスマホを操作して、何か動画を再生しはじめた。

振付師の人の動画とか、そんなんだろうか？

歌と振り付けか――ゆうなちゃんにも、そんな機会が回ってきたんだなって、なんだか感慨深く思ってしまう。

「……なるほど。それほど難しい振り付けでは、ないようですね」

「インストアライブまでの日が短い、タイトなスケジュールだからね。覚えやすい振り付けで考えたらしいよ」

「この歌詞、素敵ですねっ！　なんていうか、ゆうなとらんむちゃんだなー、って感じが伝わってきて……私これ、すっごく好きです‼」

「ゆうなの『太陽』のような天真爛漫《てんしんらんまん》さと、らんむの持つ『月』のように静かな情熱を、殺し合うことなく表現しているわね。ポップな歌に落とし込んではいるけれど、二人の相反する個性がきちんと描かれていて、イメージと相違のない歌詞だわ」

「はい‼」

ふわふわっとした結花のコメントと、分析的な紫ノ宮らんむのコメントの差がすごい。それはそれで、キャラどおりといえば、キャラどおりなんだけど。

「公演予定は、前に伝えたとおり五地域。スケジュールはこんな感じよ」

鉢川さんが再び、ペーパーを二人に渡す。

「すごーい……大阪、沖縄、名古屋、北海道。どこも行ったことないです……」

「トリが東京公演ですか。期間的には大体、二か月……ライブツアーみたいなイメージかしら？　インストアライブだと、そこまで大掛かりなものではないのだろうけど」

二人が思い思いの感想を口にしている。

すると――俺から見ても、明らかに結花の表情が曇ったのを感じた。

「どうかしたの、ゆうな？」

「あ、いえ……あの、この沖縄公演なんですけど……」

「あれ？　わたし、何か間違えて打ってた？」

「違うんです、そうじゃなくって……この日程が、ちょうど……修学旅行とかぶってるなあって」

……その言葉に、俺は思わず息を呑んだ。

中学の頃の修学旅行は――不登校だった時期と重なって、参加できなかった結花。

だけど、それを心残りにするんじゃなくって……今回の修学旅行を全力で楽しんで、『今』の想《おも》い出《で》をたくさん作ろうって誓った結花。

そうやって、過去を乗り越えていこうと思っている結花にとって、この修学旅行は――本当にかけがえのないもの。

「そっか……どうだろう？　日程の調整が利《き》くか、わたしの方でいったん確認して――」

「……そんな甘い考えで、私とユニットを組むの？」

フォローしようとした鉢川さんの言葉を遮って、紫ノ宮らんむが告げた。

静かだけど、重々しい声色で。

「私だったら、だけど。声優という厳しい業界で飛躍するに当たって、舞い降りてきたこの最大の機会を――優先しないなんて考え、微塵《みじん》も浮かばないわね。私が同じ立場だったとしたら、そうね……迷うことなく、修学旅行を欠席するわ」

「………」

「ま、まぁ！　らんむの考えは、そうなんだよね‼　それも分かるけど、でもね……」

「鉢川さんじゃなく、私は――ゆうなに聞いているんです」

助け船を出そうとした鉢川さんを制して、紫ノ宮らんむは続ける。

「強要するつもりはないわ。貴方《あなた》が修学旅行を選ぶというのであれば、それも貴方の選択よ。けれど……ユニットとして活動する以上、それは私にも影響すること。だから、正直に伝えておくわね――そんな理由で、この大切な舞台に泥を塗る結果になったとしたら、私は貴方をきっと許せない」

思わず立ち上がりそうになるのを、理性でどうにか抑えて。

俺は強く、強く……コーヒーの入っているカップを握り締めた。

――紫ノ宮らんむの意見が、間違ってるとは言えない。

仕事に対してストイックな彼女にとって、その思想は当たり前のもので。

ユニットを組む以上、そうした憤《いきどお》りが生まれるのはもっともなことで。

陰口を叩《たた》くようなやり方じゃなく、正面からはっきりと告げたその姿勢は――むしろ、誠実なんだってのも理解できる。

だけど……そう言われたら、結花は揺らいでしまうと思うんだ。

紫ノ宮らんむという先輩は、それくらい――結花にとって、大きな存在だから。

誰が悪いとか、そういうことじゃない。

そうじゃないけど……この修学旅行がどれほど大切なものなのかを知ってる、結花の未来の『夫』である俺としては。

何もできない自分の無力さが――もどかしくて、辛《つら》い。

「……久留実さん。大丈夫です。私――沖縄公演、ちゃんと出ますから」

「だ、だけど、ゆうな……」

覚悟を決めたように語り出す結花と、心配そうな声を上げる鉢川さん。

そして、腕組みをしたまま、流れをうかがっている紫ノ宮らんむ。

そんな中で、結花は——和泉ゆうなは、はっきりと言い放った。

「私——どっちにも出ます！　ちょうど修学旅行も沖縄ですから、自分で時間をやりくりして……修学旅行に行きながら、ライブにもきちんと参加しますっ‼」

「……はい？」

いつもクールな紫ノ宮らんむが、拍子抜けしたような声を漏らした。

うん、分かる。俺も一瞬「何言ってんの⁉」って思ったもの。

だけど同時に……結花らしい答えだな、とも思ったんだ。

めちゃくちゃなことを言ってるのは、確かにそうなんだけど。

そんなめちゃくちゃだって、絶対に突き通してみせるぞって。

全力で頑張れるのが、和泉ゆうなで——綿苗《わたなえ》結花、なんだもんな。

「……ゆうな。本気で、言ってるんだね？」

「はい、久留実さん！　やります、やらせてほしいです！　大変だとは思いますけど、私はどっちも諦めたくないから……どっちも頑張りたいですっ‼」

固い決意を語るゆうなに対して——鉢川さんは、少し考えてから応えた。

「──いったん、日程変更ができないか、何かしら調整が利かないか、わたしも確認してみるわ。それでも難しいときは……その案でうまくいくよう、考えてみる」

「久留実さん……っ！　あ、ありがとうございますっ‼」

「……鉢川さん。本気で言っているんですか？　修学旅行とライブを並行──相当な強行スケジュールだと思いますけど」

「そりゃあ、聞いた瞬間はびっくりしたよ。だけど……あなたたちは、声優であると同時に、一人の人間だから。マネージャーとしてじゃなくって、わたし個人としてはね？　できる範囲で──私生活と声優活動を両立させてあげたいんだ。だから、考えさせてちょうだい。らんむ」

「…………」

紫ノ宮らんむは、いつもの冷静な表情に戻ったかと思うと、思案してから──言った。

「分かりました。ゆうな──そこまで言うのなら、やってみなさい。その代わり……やっぱりできませんでしたというのは、通用しないわよ？」

「もちろんです！　言ったからには責任を持って……やり抜いてみせますから‼」

そう言ってしばらくの間——視線を交差させる二人。

そんな空気をまとめるように、鉢川さんはパンッと手を打ち鳴らした。

「はい、じゃあこの件は、いったんここまで。それじゃあ今度は……ユニット名についての話に移るわね？　企画主旨としては、ゆうなとらんむで話し合って、名前の由来を各種媒体で語れるように——」

「……鉢川さん。すみません。その話の前に——ひとつだけ、いいですか？」

「ん？　どうしたの、らんむ？」

沖縄のインストアライブの件が、どうにかいったん収束したと思った矢先。

紫ノ宮らんむは——次なる爆弾を、投下した。

「ゆうな。『弟』さんと会わせてもらいたいという話は……どうなったのかしら？　打ち合わせの後でもかまわないのだけれど。承諾したのか、それとも断るつもりなのか——それだけでも、はっきりさせておきたいわ」

「……やっぱり、気になってましたか。大丈夫ですよ、らんむ先輩！　私の『弟』だったら——そろそろ来る頃だと思いますから!!」

え、どういうこと？

『弟』こと俺なら、既にここにいるけど。

俺がそっちに出ていく――って話ではなさそうだな。

じゃあ一体、結花の考えた『作戦』って…………？

「お待たせしました」

――そのときだった。

喫茶店の入り口に取り付けられた鈴が鳴り、店内に『彼』が入ってきたのは。

そして『彼』は……ゆっくりと結花たちのいるテーブルまで歩み寄ると。

まるで執事のように、恭《うやうや》しくおじぎをして。

爽やかなイケメンスマイルを浮かべながら――恥ずかしげもなく言ったのだった。

「初めまして、クールなお姉さま？　僕が、和泉ゆうなの『弟』――勇海《いさみ》です」

第11話　【急展開】和泉《いずみ》ゆうなの『弟』VS紫ノ宮《しのみや》らんむ　結果……

目には目を、歯には歯を。

爆弾には、爆弾を……というわけで。

紫ノ宮らんむに紹介する『弟』として助《すけ》っ人《と》にやってきたのは、我が家の問題児の一人──綿苗勇海《わたなえいさみ》だった。

……とんでもない奴《やつ》、呼んだな。本当に。


長めの黒髪を、首の後ろで一本に結ったヘアスタイル。

カラーコンタクトの入っている、宝石のように青い瞳。

白いワイシャツの上に黒い礼装を纏《まと》い、黒のネクタイをタイピンで留めている、執事のような佇《たたず》まい。

一見すると──すらっとした、長身のイケメンだけど。

結花《ゆうか》と血が繋《つな》がってるのは事実だから、目鼻立ちとかは似てるんだけど。

実際のところ、この子……弟じゃなくって、妹なんだぜ？

イケメン男装コスプレイヤーにして、地元では執事喫茶でナンバーワン人気の、男装の麗人。それが中三になる結花の実妹――綿苗勇海だ。

毎度のことながら、男装のときにどうやって、あの豊満な胸を隠してるのか分かんない。

さすが、有名コスプレイヤーの技術は凄《すご》いな……。

「綺麗《きれい》な顔立ちをされたお姉さままですね、思わず見惚《みほ》れてしまいました。こんな美人にお会いできるなんて、光栄ですよ。僕の姉は、このとおり可愛《かわい》い系ですから」

「うっさい、余計なこと言わないの」

「あははっ。照れてるのかな？　そんな風に、照れ隠しに怒っちゃうところもキュートだよ。僕の可愛い可愛い、お姉さま？」

お姉さま……勇海なりに、『結花』って本名を呼ばないように気を遣ってるのかな。

まぁ、それ以外の言動での気遣いが皆無というか、無自覚に結花を『年下扱い』してるもんだから――完全に結花、イライラしてきてるけど。

「えっと、あなたは……？」

「何を言ってるんです、久留実《くるみ》さん？　先日、お会いしたじゃないですか。ふふっ……相変わらずお美しいですね？　もしも僕がプロデューサーだったとしたら、久留実さんも加えた、三人ユニットで考えると思いますよ。それくらい――可憐《かれん》で、綺麗だ」

歯の浮くようなセリフを延々繰り返す勇海。

………えっと。

結花、これが「見てのお楽しみ」なテンションで考えてた『作戦』なの？

っていうか、ひょっとしてわざわざこのために、勇海を地元から呼び出したの？

思いきったことをしたな、結花……。

この口からイケメンゼリフを吐くのが癖になってる『弟』役、とてもじゃないけどコントロールできる気がしないけど。

「と、いうわけで！　久留実さんにはこの間、ご紹介しました、したんですけどっ‼　えっと、らんむ先輩……この子がよく、私がラジオで話してる『弟』の、勇海です！」

「うちの姉が、いつもご迷惑をお掛けしています。今後とも、よろしくお願いしますね」

勇海は爽やかな笑みを浮かべて、挨拶すると――結花の隣の席についた。

まぁ……結花がラジオとかで語ってる『弟』って、結花のバイアスが掛かりすぎて、アニメの大人気イケメンキャラみたいな虚像に仕上がってるから。

いっそのこと、俺が出ていくより勇海の方が、説得力はあるのかもな。

『実のきょうだい』だから顔つきも似てるし、適当な友達を召喚するよりは、理に適《かな》っているといえば適ってる。

「――ああ、勇海くん。この間ぶり……だね？　らんむ、この子が少し前にわたしも会わせてもらった――結花の『弟』さんだよ」

鉢川《はちかわ》さんも、なんとなく状況を察してくれたらしい。

結花たちの『作戦』に乗っかって、援護射撃をしてくれる。

そんな中で。

紫ノ宮らんむは、動じることもなく――落ち着いた様子で、頭を下げた。

「初めまして、声優の紫ノ宮らんむです。勇海さん、今日は私の無理な要望に付き合っていただき、ありがとうございます」

「いえいえ。こんな素敵なお姉さまのお願いですもの。断れる男なんて、いるわけないでしょう？」

そんな紫ノ宮らんむに対して、聞いているこっちが恥ずかしくなるようなセリフを吐く勇海。

隣に座ってる結花が、めっちゃ顔をしかめてる……絶対に後で怒られるんだろうな、勇海。部屋で涙目になってる勇海の姿が、目に浮かぶわ。

「……そのように言われると、なおさら申し訳ない気持ちになりますね。そういった心持ちでしたら、お断りいただいてかまわなかったのに」

紫ノ宮らんむが、相変わらずの淡々とした口調で言った。

そんな彼女に対して、勇海は余裕ぶった微笑を向けながら、いつもの調子で返答する。

「どうしてです？　先ほどもお伝えしたように……こんな素敵な女性のお願いを受けて、駆けつけない男なんて、いるわけがないですよ」

「だけど、貴方《あなた》――女性でしょう？」

――さらっと告げられた、爆弾発言に。

さすがの勇海も一瞬、言葉を詰まらせた。

結花に至っては、口元に手を当てて、目に見えて動揺しちゃってる。

「……あからさますぎるわ。甘いわね、ゆうな」

そんな、とんでもない空気の中で。

紫ノ宮らんむは――なんでもないことのように、告げる。

「私だったら、だけど。たとえ動揺する出来事があったとしても――『演技』の最中は、それを決して崩したりしないわ。観衆を楽しませるためには、この業界で高みに辿《たど》り着《つ》くためには……どんなイレギュラーにも動じない、覚悟が必要だと思っているから」

俺の位置からじゃ、背中しか見えないけれど。

紫ノ宮らんむの気迫に……ぞくっと背筋が冷たくなる。

――マサ。逆にお前、いなくてよかったかもしれないぜ？

だって、『六番目のアリス』らんむちゃんの声優・紫ノ宮らんむは――冷静でストイックで観察力が凄くて。

……らんむちゃん以上に、らんむちゃんなんだもの。

◆

「まったく……鉢川さんまで、三文芝居に付き合わせて。こんなもので私を誤魔化せるとでも、思っていたの？　ゆうな」

「……はい。申し訳ありません」

「とはいえ――顔はよく似ているわ。赤の他人、というわけではなさそうね。実の妹さん、なのかしら？」

「……はい。そのとおりです。こんな子ですが、私の妹です」

「だけど、貴方がいつも語っている『弟』とは別人。そうよね、ゆうな？」

「……はい。おっしゃるとおりです」

凄《すさ》まじい推理力を発揮する紫ノ宮らんむに、ぐぅの音も出なくなってる結花。

なんなの。実力派声優は全員、こんな名探偵みたいなノリなの？

「どうして、僕が男じゃないって分かったんですか？　こんな完璧なイケメン男子に扮《ふん》しているのに。こんなに格好いいのに！」

「……なんで自分で、そーいうこと言うかなぁ勇海は？　恥ずかしいから、やめなさいって！　あと、そういう空気じゃないからっ‼」

「逆にどうして、私が貴方を男性だと思うと、そう錯覚していたの？　体つき、喉の震え方、細かな所作――どこを取っても、女性的だとしか感じなかったけれど」

「……そんな馬鹿な。この僕が、女性的？　こんなに完璧なイケメンを演じていて、女性ファンからも結婚を迫られている――この僕が⁉」

変なところでプライドが傷ついてる奴がいるけど、いったん置いといて。

体つきとか喉の震え方で、男女の違いが一瞬で分かるのか。

声優ってすげーな。

……絶対それ、一般的な声優さんの能力じゃない気がするけど。

「らんむ……ゆうなを責めないであげて。『弟』の件について、らんむに伝えない判断をしたのは――マネージャーである、わたしだから。責められるなら、わたしよ」

「違いますよ、久留実さん！　勇海を連れてくるって決めたのは、私ですし……らんむ先輩に誤魔化しをした責任は、私にあります。だから、らんむ先輩！　怒るなら久留実さんじゃなくって、私を――」

「……勘違いしないでほしいわ」

ふぅ――と深く息を吐き出して。

紫ノ宮らんむが、初めて肩の力を抜いたのを感じた。

「別に私は、ゆうな――貴方を責めたいわけじゃない。『弟』について言いたくないのであれば、それも貴方の選択よ。ただ……私に誤魔化しは利《き》かないから。『弟』について黙秘するなら黙秘すると、そう説明してほしかった。ただ、それだけのこと」

「……はい。誤魔化そうとしたことは、本当にすみませんでした。『弟』については、今は――まだ、どう説明したらいいのか分からなくって。でも、らんむ先輩にそうはっきり言うのが怖くって……逃げちゃってました。ごめんなさい」

「……私って、そんなに怖い先輩かしら？」

いや、普通に怖いよ？

マサみたいなM気質の人々には、ご褒美《ほうび》かもしれないけど。

「はい、怖いです！」

「ちょっ⁉　結《ゆう》――お姉さま⁉　はっきり言い過ぎだと思うよ⁉　すみません、うちの姉が失礼を！　僕に免じて、業界から干さないでください‼　なんでもしますから！」

「……逆に貴方の方が失礼だと思うわよ、妹さん？」

紫ノ宮らんむが、ため息交じりに漏らす。

結花を心配しすぎるあまり、また過保護を発揮してんな勇海。

借金取りとか闇稼業《かぎょう》の人じゃないんだから、確かに失礼極まりない。

「勇海は黙っててよ、もぉ……らんむ先輩は、確かに怖いです。でも、それは――らんむ先輩が仕事に対して真剣で、ひよっこな自分が迷惑ばかり掛けてるのが申し訳なくなるからです。怖いのも本当ですけど――尊敬してるのも、大好きなのも、本当です‼」

この言葉に、偽りはない。

結花はいつだって、紫ノ宮らんむのことを……怖がりつつも、尊敬してた。

よく名前を出しては、「あんな風になりたいんだ！」なんて言ってるもんな。

「そう……ありがとう、ゆうな」

結花の言葉が嘘《うそ》じゃないってことは、紫ノ宮らんむにも伝わったんだろう。

少しトーンを落として……ぽつりと鉢川さんに向かって、問い掛ける。

「──私って、そんなに怖いですか？　この間も、新人の子に泣かれちゃったし。掘田《ほった》さんにもしょっちゅう、『本気で怖いから!』っていじられるんですけど……」

「……意外と無自覚だよね、らんむ。マネージャーの私が言うのもなんだけど……怖がられるところは、あると思うよ」

「……そう、ですか。気を付けます」

あ。なんかちょっと、しゅんってなった。

ストイックだけど、仕事以外ではポンコツ──そんならんむちゃんのギャップと、どこかダブって見える紫ノ宮らんむ。

「ごめんなさい、ゆうな──言い方が、きつかったのかもしれない」

「い、いいえ！　私の方こそ、失礼なことをして……本当にごめんなさいっ‼」

「いえ、私も──自分の考えが強すぎて、相手の考えに反論しちゃうところがあるから。『アリラジ』でもつい、言い過ぎちゃってるときがあるのも分かってるのよ……貴方が選択した生き方を、私が否定するのはお門違いなのにね」

そう告げて、紫ノ宮らんむは語りはじめる。

――彼女のルーツと、その信念を。

「『60Pプロダクション』の創立メンバーの一人――真伽《まとぎ》ケイは、知ってるかしら？」

「あ、はい！　昔トップモデルをしていた方で、今はファッションデザインとか、イベントプランとか、そういったことを手掛けていらっしゃる方……でしたよね？」

「そう。そんな真伽ケイが、かつてインタビューで語った信条が――『トップに立つということは、自分のすべてを捨てる覚悟を持ち、人生のすべてを捧《ささ》げること』。私はそんな彼女の考えに感銘を受けて、この業界に入った。『60Pプロダクション』への所属を決めたのも、彼女がいるからなの」

そんな話をする、紫ノ宮らんむの声色は、少しだけトーンが明るくて。

我が道を進んでいるように見えた彼女にも、憧れの人がいたんだなって……ちょっとだけ親近感が湧く。

もっとも俺は、二次元ジャンル以外には疎《うと》いから、元トップモデルって言われてもピンとこないけどな。

「だから私は、すべてを賭《と》す覚悟で声優をやっている……さらなる高みに行くために、真伽ケイのようになるために。他人に強要することでは、ないのだけれど」

「……やっぱり凄《すご》いですね、らんむ先輩は」

結花が頬を緩めて、にっこりと笑う。

静かな情熱を秘めた紫ノ宮らんむと、天真爛漫《てんしんらんまん》で無邪気な和泉ゆうな。

本当に、この二人は――『月』と『太陽』みたいだなって思う。


「ゆうな。『弟』さんのことを説明しないなら、それでかまわない。修学旅行にも参加するというなら、それもかまわない。けれど――貴方《あなた》のやり方で、私と同じステージに立つのであれば。一緒にライブを成功させてみせるという……覚悟だけは、持ってくれるかしら？」

「――はいっ！　私なりの全力で、らんむ先輩と同じステージを……成功させます‼」


……………と、まぁ。

一応の収拾を見せた、二人の新ユニットに関する打ち合わせだけど。

結花にとって、結構なプレッシャーなんじゃないかな？　って気はするから。

少しだけ心配な気持ちにもなってしまう、俺だった。

第12話　いつだって頑張り屋な許嫁《いいなずけ》だから、支えてあげたいって思うんだ

「……そうですか、分かりました！　え？　大丈夫ですよ、久留実《くるみ》さん！　むしろ交渉してくれて、ありがとうございました‼　ライブも修学旅行も全力で頑張る方が――ゆうなっぽいですしねっ！」

結花《ゆうか》の電話が終わったので、俺は読んでいたマンガを閉じると、ソファに腰掛けたまま顔を上げた。

すると――結花は、ぺろっと舌を出して。

「……やっぱり難しかったって。沖縄公演の日程変更」

「そっか……じゃあその日は、忙しくなるね」

「うん。修学旅行に行きながら、ライブに参加するんだもんね……よーし、気合い入れて頑張るぞー‼」

右手を振り上げて、元気よく自分を鼓舞している結花。

そんな健気《けなげ》な様子を見ていたら、なんだか胸が苦しくなって。

俺は思わず――結花の頭を、なでなでした。

「ふぇ⁉　あ、あうぅ……そんな不意打ちで頭なでなでとか、ずるいじゃんよ……照れちゃう」

「いやいや⁉　いつも、なでなでしてオーラ出してるのに、こういうときだけそんな顔する人の方が、よっぽどずるいよね⁉」

結花の照れが伝染して、なんか頭が火照《ほて》ってきたから――俺はパッと、結花の頭から手を離した。

そうしたらそうしたで、「あ……」と名残惜しそうな声を漏らす結花。

何この、無意識の小悪魔。

学校では地味でお堅いキャラだからいいものの、普段からこんな可愛《かわい》いキャラで生きてたら……何人の男子が魂を奪われてることか。

綿苗《わたなえ》結花、恐るべし。

◆

そして、紫ノ宮《しのみや》らんむ&和泉《いずみ》ゆうなによる『アリステ』の新ユニットは、少しずつ情報が解禁されはじめた。

その名は――『ゆらゆら★革命』。

ゆうなの『ゆ』と、らんむの『ら』を合わせて、『ゆらゆら』。

そこに、「『アリステ』界に革命を起こすユニットにする」という紫ノ宮らんむが掲げた目標を足して、ユニット名が決まったんだとか。


『おい、遊一《ゆういち》！　さっき解禁された情報、見たか!?　らんむ様とゆうな姫によるユニット――「ゆらゆら★革命」が結成って！　しかも、インストアライブまで開催!?　俺……このライブが終わったら、結婚するんだ』

『変なフラグを立てんな、相手もいないのに。見たよ、テンション上がるよな』

『テンション上がるってレベルじゃねぇぞ!?　しかも沖縄で予定されてるインストアライブなんて、修学旅行と日程かぶってるし……こんなん、修学旅行を抜け出すしかないじゃねぇか……っ！』


――――なんて。

身近な同志も沸き立つほどのドリームユニットが、発表される少し前から。

結花は日夜、レッスンに明け暮れる日々を送っていた。

「ただいまぁ……ぐぅ」

「結花？　おーい、結花？」

二十三時を回って帰ってきて、ソファに倒れ込んで、そのまま眠ってしまったり。

「……ふにゅ」

「って、危ないから⁉　カレーに顔、突っ込んじゃうから‼」

二人で夕飯を食べている途中で、こくりこくりと、うたた寝しちゃったり。

「……むにゅ」

「綿苗？　おーい、綿苗？　大丈夫か、なんだか顔色が悪いが……ひょっとして、体調でも悪いのか？」

学校でも、うつらうつらしちゃって――普段の真面目な様子と違いすぎるもんだから、郷崎《ごうさき》先生から心配されたり。

――やっぱり、ライブって大変なんだなって。

心底噛《か》み締《し》めるのと同時に。

何も手助けしてあげられない自分が……なんだか悔しくなる。

「……遅いなぁ、結花」

ぼんやりとソファに寝そべってスマホをいじりながら、俺は誰にともなく呟《つぶや》いた。

SNSで『ゆらゆら★革命　大阪』って検索を繰り返しつつ、そわそわし続けて……もう数時間か。

――今日の早朝。

結花はキャリーケースに荷物を詰め込んで、大阪へと出掛けていった。

『ゆらゆら★革命』――最初のインストアライブｉｎ大阪。

本当は俺も一緒に行きたかった。

五公演とも制覇したかった。

だけど、さすがに……地方のライブすべてに参加できるほどのお金を工面することは、できなくって。

これが売れっ子を推すってことなのかと――『恋する死神』になって以来、最高にもどかしい思いをしている。

――ピリリリリリッ♪

「はい、もしもし！」

ぼんやり眺めていたスマホが、結花からの着信を知らせた瞬間……俺はコンマ数秒の速度で電話に出た。

大阪公演が終わったら日帰りの予定で聞いてたのに、一向に帰ってこないもんだから心配してたけど……よかった、連絡がきて。

「結花、もう東京に着いた？　結構遅くなったし、駅まで迎えに行──」

『……もしもし？　遊一くん？　ごめんね、遅い時間に……鉢川《はちかわ》です』

「…………え？」

まさか結花の電話番号なのに、鉢川さんが出るなんて思わないから──びっくりして、言葉が出なくなる。

そんな俺に対して、鉢川さんは少し焦《あせ》った口調で……言った。

『ゆうな、なんだけどね。新幹線の中で爆睡しちゃって……少し前に東京駅に着いたんだけど、何回声を掛けてもぜんっぜん起きなくって。取りあえず、今……わたしの家まで、タクシーで連れてきたところなんだ』

◆

鉢川さんから連絡をもらって、すぐに家を出発した俺は。

四十分ほど掛けて、RINEで教えてもらった鉢川さんのマンションに到着した。

「遊一くん。わざわざ来てもらって、ごめんね」

毛先に緩くパーマの掛かった、茶髪のショートボブ。

女性にしては高身長で、まるでモデルさんのようにスレンダーなプロポーション。

多分だけど……鉢川さん、だよね？

疑問形なのは、いつもばっちりメイクを決めている鉢川さんと違って、目の前の女性は――メイクを落としてるから。

あとは、いつもの黒いジャケットにタイトスカートという、社会人然とした格好と違って――胸元の緩いTシャツにショートパンツなんて、ラフな格好をしてるから。

いつもの鉢川さんが『できるOL』風だとしたら、目の前にいる人は『女子大生』って感じだ。

「……なんでそんな、じろじろ見てるの？　遊一くん」

「あ、いえ……いつもと雰囲気が違ったので。すみません……」

「あ……そっか、そういえば化粧とか落としちゃったわ。ごめんね、こんなお見苦しいところ見せちゃって。大人なのに、お恥ずかしい限り……」

「い、いえ、とんでもないです……」

お見苦しいどころか。

いつもの大人びた鉢川さんと打って変わった、どこかあどけなさの残る『素』の鉢川さんは──年上だけど、可愛らしくって。

ほどよい大きさをした胸元が、緩いTシャツの隙間からちらちらしていて……とにかく無防備で。

刺激が強すぎる以外のコメントがない。

「散らかってて申し訳ないけど、どうぞ上がっていって。ゆうな……家に連れてきたのはいいけど、全然起きる気配もないんだよね」

──一人暮らしの女性の家に、こんな夜遅くに上がる？

何それ。三次元女子とほとんど関わらない俺からしたら、めちゃくちゃドキドキするイベントなんですけど。

とはいえ……結花への心配が、一番大きいから。四の五の言ってられないか。

そんなわけで、俺はおそるおそる――鉢川さんの家に、お邪魔した。

「くー……」

――すると、そこには。

ワンルームの部屋の隅っこに敷かれた布団《ふとん》の中で、猫みたいに身体《からだ》を丸くして。

なんだか気持ちよさそうに眠りこけてる、許嫁《いいなずけ》の姿があった。

「なんだ……爆睡してるときの顔ですね、これ。全然起きないっていうから、実は倒れたんじゃないかとか、そういう心配をしてたんで……取りあえず安心しました」

最近ずっと、疲れきってた結花を見てたから。

気絶したとか、危ない感じだったらどうしようとか、内心焦っていたもんだから――なんかドッと疲れた。いや、杞憂《きゆう》でよかったんだけどね。

「そっか。ごめんね、心配させちゃったね。まったく――こんな健気《けなげ》な婚約者が迎えに来たっていうのに、この子ったら呑気《のんき》に寝ちゃってさ」

からかい交じりにそんな風に言うと、鉢川さんは冷蔵庫の方へ移動した。

そして、座卓の前に座った俺に向かって、ペットボトルのコーラを手渡してくれた。

ちなみにご自身は……缶ビールを片手に、上目遣いで呑《の》みたそうな顔をしている。

「えっと、ご心配掛けた手前、失礼かと思うんだけど……一杯呑んでも、いいかな？」

「なんでそんな、あざとい感じで聞いてくるんですか⁉　いいですよ、ここ鉢川さんの家ですし！　結花……ゆうなも、一仕事終えて爆睡してるだけみたいですし」

「ふふー……じゃ、遊一くん？　乾杯しよっ」

学生か。

仕事でオンオフ切り替えるタイプなのかな……なんかいつもと全然ノリが違う。

俺の前でスイッチをオフされても、どう対応したらいいのか分かんないんだけど。

「――ぷはぁ！　やっぱ、仕事の後の一杯は最高だわぁ～」

「……そうなんですね。お酒呑んだことないから、分かんないですけど」

「ねぇねぇ、遊一くん！　遊一くんは、ゆうなのどんなとこが好きなの⁉」

「急に学生の恋バナみたいなノリですね⁉　唐突なキャラ変更は、やめてくださいよ⁉」

「だって、仕事中じゃないもーん」

あざといな⁉　唇を尖《とが》らせないで⁉

普段のしっかり者っぽい鉢川さんとのギャップが、尋常じゃない。

「ほらほらー。お姉さんに話してよー。二人の……いちゃいちゃエピソードを！」

「何その、マネージャーにあるまじき話の振り⁉　っていうか、酒のペース速いな⁉　ひょっとして、もう酔ってきてません⁉」

「酔ってないですー。久留実ちゃんは、お酒つよいんでー」

あー……駄目だこれ。酔いはじめてる人のセリフだわ。

っていうか久留実ちゃんて。

『久留実って名前は、可愛《かわい》いから似合わない』とか、そんなニュアンスのこと、前に言ってなかったっけ？　確かに今のテンション、『久留実ちゃん』って感じだけど……。

「……わたしはさぁ。遊一くんに――んーん。『恋する死神』さんに、すっごい感謝してるんだよ。ゆうなの、マネージャーとしてさ」

三本目の缶ビールをぐびぐび呑みながら、鉢川さんはほわっとした顔になる。

「いやいや。自分で言うのもなんですけど、めちゃくちゃ気持ち悪いファンだと思いますよ――『恋する死神』。ゆうなちゃんを愛してるんで、やめる気はさらさらないですけど……本人やマネージャーさんに持ち上げられるほどの存在じゃ、ないですってば」

「前にも言ったけど……『60Ｐプロダクション』に入ってすぐの頃のゆうなは、もうめちゃくちゃ自分に自信がなくってね。失敗しては落ち込んで、よく泣いてて。こんな風に言ったらなんだけど……すぐに辞めちゃうんじゃないかって、心配してたんだ」

でもね……と。

鉢川さんは缶ビールを持った手で俺を指差すと、ウインクするように笑った。

「『恋する死神』さんと巡り会って、ゆうなは変わったんだよ。だから、ゆうなにとっての『恋する死神』さんは、『死神』なんかじゃなくって……明るい世界に導いてくれる『神様』だったんだと思う。ありがとうね──『恋する死神』さん？」

「いやいや、買いかぶりすぎですって。感謝するのは、俺の方ですよ。人生で一番どん底だったとき……ゆうなちゃんが、明るい世界に連れ出してくれたから。『神様』はむしろ──和泉ゆうなちゃんの方ですよ」

そうだよ。

和泉ゆうなちゃんが……結花が、ゆうなちゃんに命を吹き込んでくれて。

俺はそんな、ゆうなちゃんに出逢《であ》って──『恋する死神』になったんだ。

ゆうなちゃんがいなかったら、『恋する死神』はこの世に存在しなかった。

だから、感謝するのは本当に……俺の方なんだ。

「出逢う前から、二人はそうやって……支えあってきたんだね。それって、すっごく素敵なことだと思うなぁ、わたしは」

四本目は、ビールじゃないお酒に手を伸ばすと。

鉢川さんは楽しそうにそれを呑みながら……無邪気な笑顔で言った。

「あなたじゃなかったら……マネージャーとして、絶対反対してたよ。声優とファンが同《どう》棲《せい》とか、やばすぎるもの。だから今、わたしが応援してるのは……声優とかファンとか、そういう概念を超えて、マネージャーの立場も置いといて。それでも応援したいって思えるほど、ゆうな——ううん、『綿苗結花』と『遊一くん』が、お互いにとって必要な存在なんだって思うからだよ」

「……鉢川さん」

何度でも繰り返すけど——『恋する死神』は、たいした存在じゃない。

俺と結花が許嫁になったのだって、そもそもは親同士が勝手に決めたのがきっかけで。

『声優とファン』だったことも、実は『クラスメート』だったことも——すべては偶然でしかない。

だけど、ただの偶然の出逢いだったとしても。

こうして毎日が楽しくて、結花が……笑顔でいられるんだったら。

この偶然が、ずっと続いていけばいいなって——そう思う。

「鉢川さん、ありがとうございます。たくさん迷惑掛けると思いますけど、俺も結花を支えていきます。だから、今後も――」

「……うんっ！　めっちゃおーえん、してるよぉ？　でさぁ、遊一くんはさぁ……ゆうなの、どんなとこが好きなのぉ？」

――ん？

おや、鉢川さんの様子が……？

「えっと、あの……ひょっとして、かなり泥酔《でいすい》してらっしゃるのでは……」

「よってないしー、ぜーんぜんふつー、だしー？」

「いやいや⁉　って、書いてあるアルコール度数が二桁じゃないですか、それ⁉　二桁って、呑みすぎたらやばい度数なんじゃあ……」

「やばくないしー。しらふだしー」

おめでとう！　鉢川さんは、酔っ払いに進化した‼

そして……完全に酔っ払った鉢川さんは、へらへらっと笑って俺の隣に寄ってくると。

腕にギューッとしがみついて、ぶんぶん揺すりはじめた！

「はぁ、いいないいなー、ゆうなは！　わたしも、彼氏ほしいー‼」

「待って待って⁉　鉢川さん、近い、近いですって‼　お水飲んで！」

HI
絶景

「うるちゃいなぁ……いーから、おねーさんに、二人のいちゃらぶ話をおしえてよぉぉ」

「やめてやめて!? そんなに前屈《まえかが》みにならないでくださいって！ そのTシャツだと見える、見えちゃいますから‼」


「………ぎゃぁぁぁぁぁぁぁ!?」


そんな、考えうる限り最悪なタイミングで。

布団からむくっと起き上がった結花が——俺と鉢川さんの方を見て、叫び声を上げた。

「私のマネージャーさんが、私の婚約者と、週刊誌沙汰ぁぁ!? 誰かー！ 助けてー‼」

「待って待って、落ち着いて結花！ 鉢川さんは離れて……って、寝落ちてるし‼ あー、もう……助けてほしいのは、こっちなんだけど!?」


——それから、大騒ぎする結花をなだめようと、事情を説明しているうちに。

『ゆらゆら★革命』大阪公演後の夜は、更《ふ》けていった……。

第13話　許嫁《いいなずけ》の水着選びの付き添い、振る舞い方が難しい件について

「はい、もしもし！　あ、久留実《くるみ》さん……いえいえ、こちらこそ新幹線で爆睡しちゃって、ご迷惑を……あ、いえ！　遊《ゆう》くんに手を出そうとしたわけじゃないのは分かりましたし……いやいやいや、そんなに謝らなくても……」

多分あれ、鉢川《はちかわ》さんからの電話だな。

きっとこの間の、『目を覚ましたら、マネージャーが自分の婚約者に手を出そうとしてた』事件の謝罪をしてるんだろう。完全なる冤罪《えんざい》だけど。

しばらく掛かりそうなので、俺は一緒に観《み》ていた『仮面ランナーボイスdB《デシベル》』の録画を一時停止して、スマホを手に取った。

あれ……気付かない間に、なんかRINE通知が溜《た》まってるな。

――一人目は、那由《なゆ》。

『沖縄とか、あたしも行きたいんだけど。兄さん、お金出せし。あたしも、沖縄旅行したいから』

『嫌だよ。なんで俺がお前の旅費を出さなきゃいけないのか、意味が分からん』

『……けっ。別にいいし。そこまでマジで、兄さんと沖縄行きたかったわけじゃないし』

『ん？　俺と一緒に旅行したいって話だったの？』

……那由が既読スルーしたので、そこでやり取りは終わる。


――二人目は、勇海《いさみ》。

『はぁ……心配だなぁ。結花《ゆうか》、沖縄なんて行ったことないからなぁ。結花、迷子になったりしませんかね？　離島で迷子になったら、もう帰ってこられなくなっちゃう……いや、それどころか結花は可愛いから、事件に巻き込まれる可能性も？　遊にいさん、結花に修学旅行をキャンセルするよう、説得してもらえますか⁉』

……俺が既読スルーしたので、そこでやり取りは終わる。


――三人目は、二原《にはら》さん。

『ねぇねぇ、佐方《さかた》ぁ。これ見て！　修学旅行用に買ったんだけど‼』

『……いきなり水着の自撮り送ってくるの、やめてくれない？　ちょっと色々あって、今は女子関係のことで結花を刺激したくないから』

どーお？可愛いっしょ♥
16:42

『えー？　もっと面白い反応を期待してたのに、塩対応すぎだしー。ってか、結《ゆう》ちゃんを刺激したくない？　何したん、浮気《うわき》？　ちょいちょいー、おっぱい恋しいときはうちにしときなって言ったっしょ？　馬鹿だなー』

『馬鹿はそっちだよね？　それはそれで大炎上でしょ……』

『いいじゃんよー。うちとも遊んでほしいじゃんよー、じゃんじゃんよー』

『その語尾いじり、そろそろ怒られた方がいいよ』

『あ、そだ。結ちゃんは、どんな水着にするか知ってる？　んー、ビキニだったら、元気な結ちゃん！　って感じでめっちゃ可愛《かわい》いだろうけど……敢《あ》えてワンピースタイプで、清《せい》楚《そ》な可愛さ！　ってのもありだなぁ。佐方は、どっちがいいん？』

……適当なスタンプを送付して、そこでやり取りは終わる。

だけど——そっか。
そろそろ修学旅行に向けて、準備しないとだなぁ……。

「——はい、大丈夫です！　もう元気いっぱいなんで‼　私からも連絡しますけど、らんむ先輩にもご心配お掛けしましたって伝えてもらえると……はい、お疲れさまですっ‼」

ちょうど俺がRINEを返し終わったところで、結花も鉢川さんとの電話を終えた。

そして——なんだかしゅんっと、小犬みたいに小さくなって。

「遊くん……この間はごめんね？　久留実さんから、なんだかすっごく謝られて、騒ぎすぎちゃったなぁって反省しました……」

「いやいや……そりゃあ平謝りするよ、鉢川さんは。結花は何も悪くないっていうか」

「久留実さんも言ってた。『わたしが全部悪いから！　ゆうなはもちろん、遊一《ゆういち》くんも悪くないから‼』とか。『大人として自身の行動を内省し、今後は社会人として恥じることのない行動を……』とか」

二つ目の反省の言葉、重いな⁉

さすがは仕事のオンオフがはっきりしているマネージャー、鉢川久留実。

オフのときは、女子大生みたいなノリで呑《の》みまくって酔い潰れてたけど、仕事スイッチがオンになったら真面目で熱心。

結花といい、二原さんといい、勇海といい、鉢川さんといい……俺の周りの女性陣は、大小はともかくギャップがありすぎる。

「でもさぁ……私の方こそ、無理しすぎて爆睡しちゃって、家まで運んでもらったんだよ？　それでこんなに謝られると……罪悪感が凄《すご》くって」

「それについては、今後は体調管理を優先して無理しすぎないことが、何よりの罪滅ぼしじゃない？　マネージャーさんとしては、それが一番の安心になると思うし……俺だって結花が調子悪いと心配だからさ」

「うん……気を付けます。心配させて、ごめんね？　遊くん」

そんな上目遣いで、不安そうに謝んなくても大丈夫だって。

元気でいてさえくれれば、それで十分だから。

――と、そこで俺は、二原さんから来てたRINEを思い出す。

「そうだ、結花。そろそろ修学旅行の準備をしないとじゃない？」

「……あ。そうだね。ライブのことでバタバタしすぎて、すっかり修学旅行の準備が抜けちゃってた……両立するって、らんむ先輩に言ったもんね！　絶対に両方、楽しんで成功させないと‼」

そんな気合いの入った返事をして、結花はにこにこと楽しそうに笑う。

「よーっし、じゃあ遊くんっ！　思い立ったが吉日って言うし……今から修学旅行に向けて、お買い物に行こっ？」

「また、えらく急だね……何を買うの？」

「んー……色々準備するものはあるけど、一番はあれだなー……」

思わせぶりに、口元に人差し指を当てながら。

結花はちょっと照れたようにはにかんで――言った。

「遊くん好みの……水着かなっ？」

◆

途中で止めていた録画を最後まで観て、準備を済ませると。

俺と結花は――家から電車で三駅ほど先にある、ショッピングモールまで買い物にやってきた。

いつだったかここで、まだ結花の『素』を知らなかった頃の二原さんと、ばったり遭遇して……二人でデートに来てるのがバレないよう、試行錯誤したっけな。

あの頃はまさか、二原さんが特撮畑の人だなんて思わなかったし、結花と二原さんがこんなに仲良しになるだなんて夢にも思ってなかったけど。

今じゃあ、修学旅行で一緒の班になっても困らない関係になってるんだから……人生って何が起きるか分かんないもんだなぁ。

「じゃあ遊くん、ドキドキさせる水着買うから……覚悟してね？」

「う、うん……」

肩甲骨《けんこうこつ》あたりに掛かってるストレートヘアを、ふわりと揺らして。

キャップを目深《まぶか》にかぶった、眼鏡をしていない家仕様の結花は——水着を売ってる店舗に入っていった。

結花が店内に消えると、俺は急いでスマホを取り出して、「お店には一切興味ないですよ」オーラを放出しながら壁にもたれ掛かる。

いや……だってさ。

女性用水着とか、女性用下着とか、そういうのしか売ってない店舗なんだもの。

男性がうろちょろしてたら、下手すると通報されるかもしれない。

結花と一緒に行動して、「彼氏ですよ」って顔さえしておけば、大丈夫かもしれないけど……ちょっとこの店内に入る勇気は、俺にはないわ。

ってわけで。

結花の買い物が終わるまで、俺はここで「たまたま店の近くでスマホを見たかっただけの人」を装《よそお》ってることにする……。

「ちょっとちょっと！　遊くん、なんで一緒に来てないの1⁉」

そんな俺のところに戻ってくると、結花が不満そうに声を上げた。

俺は慌ててスマホを片手に、きょろきょろと周囲を見回す。

よかった……まだ通報はされてないみたい。

「なんでしょう？　俺は『たまたま店の近くでスマホを見たかっただけの人』ですよ。安心してください、何も怪しくないので……」

「怪しさしかないよ⁉　意味分かんないよ、ランジェリーショップの近くでたまたまスマホ見たいって⁉　それなら私と一緒に、お店に入った方がいいじゃんよー」

「いやいやいやいや、こんな女子女子しいお店に入るとか、怖すぎるって！　俺にとっては、お化け屋敷《やしき》と変わんないから‼」

「極端だよ⁉　もー……だって遊くんが試着見てくんないと、好みの水着が選べないじゃん‼　一緒にお店に来てくれないと困るの！　そんなにわがまま言うんなら……大声出しちゃうぞ？」

こわっ⁉　何その、痴漢冤罪《えんざい》を掛けますよ予告⁉

ここまで言われたら仕方ない……俺はおっかなびっくり、結花と一緒に店内へと足を踏み入れた。

「ひぃぃぃぃ……なんかピンクとか青とか、カラフルなものが見える……」

「そういう言い方してる方が怪しいよ、遊くん!? 取りあえず、私が何着か選んだから……試着室の前で待っててね？」

そして——結花が試着室の中へと消えていった。

ランジェリーショップ内に、一人取り残された俺。

こんなとき、どんな顔をしてたらいいのか……スマホを取り出すのも怪しい気がするし、かと言ってきょろきょろしてるのも挙動不審だし。

どうしようもなくって、取りあえず試着室のカーテンを見てるけど——これはこれで、なんか良くない気がするな。

だって、この布を一枚隔てた先で……結花が着替えてるんだよ？

そう考えたら、なんか背徳感が押し寄せてきた。

結花、早く出てきてくれないかな……。

「——じゃじゃーん！ ど……どうだろ、こんなの？」

「なに着てんの、結花!?」

シャッと開いた、カーテンの向こうから現れたのは。

ワンピースタイプの水着なんだけど、へそ周りだけ生地のない……ただただ、セクシーに溢《あふ》れてる水着を身につけた結花だった。

「ど、どうでしょうかー……ドキドキしますかー？」

「ドキドキしかしないわ！　修学旅行用の水着を買いに来たんだよね？　こんな水着を着た綿苗《わたなえ》結花を見たら、みんな正気を疑うでしょ！　却下‼」

「……そっか。確かに修学旅行に着ていくんなら、駄目だねこれ。那由ちゃんのアイディアは没、っと」

またあいつの入れ知恵か！

うちの妹は、俺の脳でも破壊したいのかな……本当に。

「じゃあ、こっちはどうだろ？　これなら、全然セクシーじゃないよ！」

「そういう問題じゃないな、これは⁉」

再び開いた、カーテンの向こうから現れたのは。

ダイビングとかするときに使う、ウェットスーツを着た結花だった。

「ど、どうでしょうかー……ドキドキしますかー？」

「しないよ！　よく売ってたな、これ⁉　えっと、沖縄の海で泳ぐための水着を探してるんだよね？　ダイビングとかならともかく、海で泳ぐのにこれは却下でしょ……」

「……だよね。私も変だと思ったんだよ。勇海はなんで、これが遊くんにハマるって思ったんだろ？」

こっちは勇海の入れ知恵か……。

多分だけど、沖縄で結花に変な虫が付かないようにとか、そういう過保護な考えからの提案だと思うよ。騙《だま》されてる、騙されてる。

「じゃあ、これはどう？　……いや、これはだめだね……うん、だめだ」

「なんで着ておいて、自分でテンション下がってんの⁉」

カーテンの向こうから現れると同時に、なんか拗《す》ねたような顔をする結花。

っていうか、この水着見たことあるような……。

「……あ、分かった。これ、二原さんの入れ知恵でしょ？」

思い出した。

これ、さっき二原さんが送ってきた、自撮りで着てたのと同じやつだ。

ビキニタイプの水着で、肩紐《かたひも》がないタイプ。フリルとかがついてて可愛《かわい》らしいんだけど、なんか胸の谷間のところを強調するデザインになってる。

ちょっと露出が多い気はするけど、那由や勇海の意見よりかは、だいぶマシな気がするんだけどな。

なんで結花的に、これがNGなんだろ——。

「遊くん……なんでこの水着が、桃《もも》ちゃんのアイディアだって分かったの……？」

「……………あ」

なんだか結花の背中から、真っ赤な炎が燃え上がってる……ような幻覚が見える。

まずいまずい！

鉢川さんの件があったから、女子関係で変な勘繰りをさせたくなかったのに——墓穴を掘った。

「ち、違うんだ結花！　あれは、二原さんが勝手に——」

「胸で決めつけたでしょ！」

——はい？

「えっと……どういうこと？」

「ふーんだ。しらばっくれないでくださーい。この水着は、胸が強調されるデザインですー。つまりー、遊くんはー、私のー……おっきくない胸に合わないこの水着を見て、『二原さんなら似合う……なるほど、二原さんのアイディアか』——ってなったんでしょ‼」

「何その飛躍した論理⁉　全然違うよ！　っていうか、お願いだから、この店内でそんなテンションの声を上げるのはやめて⁉」

「……だって遊くんが、胸で。胸で人を、判断するからじゃんよ……」

「言い掛かりだってば！　誤解を招いちゃうから、やーめーてー⁉」


——そんなこんなで。

最終的には誤解が解けて、結花に似合う水着を買って帰りました。

どうしてもって、結花が主張するから……俺の好みの水着を、選ばされる羽目にはなったけど。

なんだかんだ、結花が満足そうに笑ってたから……いっか。


ちなみに。

那由には俺から、勇海には結花から——お説教の電話を入れましたとさ。

第14話　【アリラジ　ネタバレ】和泉《いずみ》ゆうなと紫ノ宮《しのみや》らんむ、暴れすぎ問題

学校が終わってすぐ。

俺は結花《ゆうか》に「ちょっと今日は用事があるから！」と言い残して……制服のまま電車に飛び乗っていた。

ごとごとと揺れる電車。

窓から見える夕焼け空は、綺麗《きれい》なオレンジ色。

穏やかな夕方だ──まるで今の、俺の心みたいに。

そして電車を降りた俺は、記憶を頼りに歩いて某所のマンションまで辿《たど》り着《つ》くと……とある一室のチャイムを鳴らした。

「びっくりした……どうしたの、遊一《ゆういち》くん？」

玄関を開けて出てきたのは──化粧をしていない、オフの鉢川《はちかわ》さんだった。

以前に会ったときと同じく、胸元が緩いTシャツとショートパンツなんてラフな格好をしていて……やっぱり普段の仕事モードとは違って、女子大生みたいに見える。

「すみません、鉢川さん。ちょっとだけ、お邪魔させてもらえないですか？」

「……はい？」

鉢川さんは怪訝《けげん》な顔をするけれど――俺は一切動じない。

「うーん……まぁ、遊一くんならいっか。ゆうなって許嫁《いいなずけ》がいるのに、変なことしないだろうし。ちょっと片付けるから、待っててね」

それから程なくして、俺は鉢川さんの家に入れてもらった。

座卓の上には缶ビールと、おつまみなのか刺身やチーズが置かれている。

「すみません、晩酌の途中でお邪魔しちゃって……」

「いいよ、どうせ一人だしね。それで、今日はどうしたの？」

そんな優しい言葉を掛けてくれる、大人な鉢川さんに向かって。

俺は――ジャンピング土下座を決めた。

「大変申し訳ないのですが……パソコンを貸してはいただけないでしょうか……っ！」

「…………はい？」

「皆さん、こんにちアリス。『ラブアイドルドリーム！ アリスラジオ☆』――はっじまるよー‼」

初手でノートパソコンからゆうなちゃんの声がしたもんだから……心臓が飛び出すかと思った。

大好評の『アリステ』のネットラジオ――通称『アリラジ』。

今日はその特別編ということで、ただいま順次インストアライブ開催中の『ゆらゆら★革命』をパーソナリティに招いた放送回だ。

『ゆらゆら★革命』はそもそも、和泉ゆうなと紫ノ宮らんむの『アリラジ』での掛け合い人気に端を発して、結成されたユニット。

なので『アリラジ』で大きく取り上げられるのは当然なんだけど……ファンとしてはこんなに注目されて、嬉《うれ》しい以外のコメントがない。

「……えっと、遊一くん？　まさか、わざわざ最新の『アリラジ』を聴くためだけに、うちに来たの？」

「すみません。俺のパソコンも、スマホも……うちの許嫁が『アリラジ』にアクセスできないように設定しちゃってるんで」

「なんで？」

「こっちが聞きたいですよ……っ！　恥ずかしいって本人は言うんですけど、そんなの……理不尽じゃないですか‼　俺に死ねと言ってるのかと！」

「どっちも極論だね……なんか今、夫婦喧嘩《げんか》に巻き込まれてる気分なんだけど」

もちろん俺だって、鉢川さんに申し訳ないって思わなかったわけじゃない。

だけど、結花と同居してることを知らないマサのところに行けば、「なんで家で聴かねえんだ？」って詮索されるリスクがあるし。

唯一、学校で事情を知ってる相手とはいえ、二原《にはら》さんの家に行くのは、色々駄目だし。

そうなると、もう――事情を知っていて大人な対応をしてくれる、鉢川さんに頼る以外の方法が思いつかなかったんだ。

「っていうか、ネットカフェとか、そういう手はなかったの？」

「……次からはそうしますね」

ごめんなさい。焦《あせ》って色々考えてたら、人の家で聴く以外の選択肢が抜けてました。

「ボーリング？　デートにしては、ちょっと大掛かりじゃないですか？　……あ、ボウリング、ですか。すみません、石油を掘るのかと――でる役の『掘田《ほった》でる』でーす。こんにちアリスー。今日はわたしが司会進行らしいけど……スタッフさん、鬼なのかな？」

アリスランキング十八位、石油王の家庭に生まれた、癒やし系アイドル・でるちゃん。

その声優である『60Pプロダクション』所属——掘田でるは、やさぐれた声で言った。

半分くらいネタなんだろうけど、半分はガチで言ってるんだろうな。

「でる、『九割ガチで言った』って言ってたなぁ。苦労掛けてるからね、でるには」

内輪の鉢川さんから、補足が入った。

オーディオコメンタリーかな？　いつの間にか缶ビール、三本目に手を掛けてるけど。

「はーい、ってなわけで。なんか毎度、見届け人みたいな感じで来ちゃったので、今回も招集されましたよ、わたし。それじゃ、さっそく呼んでみますかね——新生ユニット、その名は……『ゆらゆら★革命』‼」

——バックミュージックとして、カラオケバージョンの『ゆら革』の曲が流れ出す。

「らんむ先輩！　ユニットを組みますよ」

「ええ、よくってよ……ゆうな」

「「ゆらゆら揺れる灯火みたいに、アリスアイドルに革命を——　『ゆらゆら★革命』、オンステージ！」」

パチパチパチパチと、俺はノートパソコンに向かって盛大な拍手を送る。

後ろで鉢川さんはどんな顔をしてるんだろうとか、気にしちゃいられない。

「はーい。ってなわけで、『アリラジ』発の新ユニット『ゆらゆら★革命』の二人を紹介しますー」

「ユニット？　かまわないけれど……生半可な覚悟で、私の隣は務まらないわよ？　――らんむ役、『紫ノ宮らんむ』よ。今日はありがとうございます」

「ユ、ユニットですか!?　が、頑張りますよ、だってゆうなは――みんなと一緒に、笑いたいから!!　――ゆうな役、『和泉ゆうな』ですっ！　呼んでいただいて、ありがとうございます！」

『六番目のアリス』――『アリステ』人気六位の、クールビューティ・らんむちゃん。

アリスランキング三十九位（俺内では圧倒的一位）。天真爛漫《てんしんらんまん》で天然だけど、ただひたすらに可愛《かわい》いを擬人化したかのような神話のごときアイドル・ゆうなちゃん。

そんな二人のキャラを演じる声優――ストイックでクールなキャラの紫ノ宮らんむと、元気いっぱいだけど天然ドジっ子キャラの和泉ゆうな。

『60Ｐプロダクション』の先輩・後輩コンビが登場して。

今回の『アリラジ』は――波乱と革命が渦巻く神回になるだろうなって、俺は静かに確信した。

◆

「――では質問です。『ゆらゆら★革命』ってネーミングは、どうやって決めたの？」

「はい！　『ゆらゆら』の方は、私が提案しましたっ‼　ゆうなの『ゆ』と、らんむ先輩の『ら』で……『ゆらゆら』になるじゃんって！」

「なんで、ゆらゆら？」

「え……えっと、特に意味はなくって……語感、ですかねっ！」

和泉ゆうなの天然な回答に、掘田でるが笑い声を上げる。

うん。いいと思う。その考えてない感じ……ゆうなちゃんっぽい！

「『革命』は、私が提案しました。ユニットの目標を聞かれたときに、真っ先に思いついたのが――『アリステ』界に革命を起こす、だったので。その目標を忘れず走り続けられるよう、ユニット名に刻みました」

「理由、重っ⁉　らんむらしいけど、ストイックさが尋常じゃないね……」

掘田でるのツッコミはもっともだけど、その重さもいっそ——らんむちゃんっぽくて。

ゆうなちゃん&らんむちゃんのユニットって考えたら、これ以上ないネーミングだなって思う。

「ちなみに二人のマネージャーさんから、リーク情報です……ゆうなは最初、らんむの『ら』と、ゆうなの『ゆ』で、『ラー油』！　……って言ってたと」

「ぎゃー!?　なんで言っちゃうんですか、マネージャーさーん!?」

その裏話を暴露したマネージャーさん、さっきから後ろで晩酌してるよ。

「じゃあ、次の質問……はぁ。『ゆらゆら★革命』は、どうして結成されることになったんでしょーか」

「なんでそんな、やる気ない感じなんですか!?　番組中ですよ、掘田さん!!」

「や、だってさぁ……この後のフォローすんの、わたしだよ？　石油アイドルが、なんで火消ししなきゃいけないのかって話よ」

「上手《うま》いですね、掘田さん」

「なんで他人事《ひとごと》のテンションなのよ、らんむ!?　二人とも同罪だからね、もぉ！」

キレ芸の人みたいになってきたな、掘田でる。

この人のファンはどう思ってるんだろ……こういう苦労人なところも魅力なのかな？

「んじゃ、ゆうなちゃんから、言っちゃってくださーい。はい、どーぞ」

「え、これ自分で言うんですか⁉　――はい。えっと。私が『アリラジ』の中で、たーくさん……可愛くって格好良くって、世界で一番大好きな『弟』を話題にしまくったからですっ‼」

ぶほっと、俺は思わず噴き出した。

収録に立ち会っていたはずの鉢川さんも、後ろで「げほげほっ！」と、むせはじめた。

まぁ何回聴いても、この発言のインパクト、やばいだろうしな……。

「『一緒に寝てる』『宇宙で一番愛してる』『結婚したい』――などなど。『弟』に関する失言連発で一躍有名になった、和泉ゆうなちゃんですが……」

「え、失言で有名になったんですか私⁉」

「はーい、進行中なんで待ってくださーい……で。そんな失言アイドルのゆうなちゃんに対して、牙を剝《む》いたのが――紫ノ宮らんむ。『アイドルという仕事を宇宙一愛している』『アイドルという仕事と結婚してる』など、持ち前のストイックさ全開に、意味不明な論理展開でゆうなちゃんと番組中でバチってきました」

「……意味不明ではないですが。アリスアイドルの声優になった以上、この仕事と添い遂げる覚悟を持ち、戦い続けることは必然――」

「はーい、進行中なんで静かにしてくださーい……と、こんな風にそれぞれ、『弟』と『アイドル』への偏愛を抱えた二人の声優ですが！　この二人のやり取りが、なんとネットで反響を呼びまして。この水と油のような二人によるユニット――『ゆらゆら★革命』が結成となったわけです……はぁ」

「ちなみに収録の後、でるから『のみましょ』ってさそわれてー。終電までのんだー」

変な裏話が後ろから聞こえてきた。

まぁお酒でも呑《の》んで、ストレス発散しなきゃやってらんないだろうしな。

どんどん応援したくなるよ、掘田でる……。

◆

「――はい。あっという間に、お別れの時間ですー……ってわけで。大阪での初ライブを終えて、沖縄でのインストアライブを間近に控えた二人。意気込みを一言ずつ、お願いしまーす」

番組もいよいよクライマックスというところで、掘田でるが二人に最後の振りをした。

それに対して、まずは紫ノ宮らんむが応じる。

「では、私から……このたびは貴重な機会をいただき、ありがとうございます。意味不明な論理、という点に引っ掛かりはありますが。私はこれからも、アイドルという仕事に命を賭《と》す覚悟です。ついてくる覚悟のある人だけ――ついてきてちょうだい。私は高みに向かって、必ず飛翔《ひしょう》するから……楽しみにするといいわ」

パチパチパチと、拍手の音が収録現場から聴こえてくる。

そして次は――和泉ゆうな。

「はい！　えっと……皆さん応援、ありがとうございますっ!!　あと『弟』も――このラジオは絶対聴かないで！　って言ってるので、ぜーったい聴いてないはずですけど……おかげでユニットデビューしたよー!!　やっほー！」

めっちゃ聴いてるけどね。

「……らんむ先輩には全然及ばない、ひよっこ声優な私ですけど。仕事に命を賭ける！――みたいな、すっごい信念とはちょっと違いますけど。私は身近な人も、遠くにいるファンの人も、みんなが笑ってる顔が見たいです。そんな笑顔が、少しでも増えてくれたら嬉《うれ》しいなって……そう願いながら、声優を続けてます。だからこのユニット活動も――全力で頑張ります！　みんなで一緒に……笑いましょうー!!」

——修学旅行に行きながら、ライブにもきちんと参加しますっ‼

声優としての思いも、最初で最後の修学旅行っていう大切な想《おも》い出《で》も……どちらも大事にしたいから、頑張るって誓った結花。

そんな覚悟に溢《あふ》れてる、『アリラジ』での挨拶に……俺はなんだか、目頭が熱くなるのを感じた。

「それじゃあ、今後も『ゆらゆら★革命』の活躍に、ご期待くださいね！　それでは今日はこの辺で‼　お相手は……」

「紫ノ宮らんむと」

「和泉ゆうなと！」

「掘田でるでしたー。皆さん、まったねー‼」


『今すぐリタイア！　マジカルガールズ』のブルーレイが大好評発売中なのです。

最終巻の初回生産版には、ミニドラマ『漆黒の雨、涙に宝石』を収録。

わらわの持ってる魔術書の再現版が特典に付いて、驚愕《きょうがく》の四桁――六・〇・三・〇。

さぁ、わらわたちの最後の活躍――刮目《かつもく》して見よ、なのです！

買わない方には、神が裁きの鉄槌《てっつい》を。

嗚呼《ああ》、神の子は――いつの日も、孤独。

◆

「――うん、そーそー。え？　いーよ、きいてみるねー」

ふぅ……と、すべてを聞き終えた余韻に浸っている俺の後ろで。

なんか鉢川さんが、誰かと電話をしてる声が聞こえる。

そして、ふらふらと足もとがおぼつかない鉢川さんが――自分のスマホを差し出して。

「はい、ゆーいちくんっ！　おでんわでーす‼」

「電話？　っていうか、晩酌で酔いすぎじゃないですか⁉　あ、またアルコール度数が二桁のお酒‼　鉢川さんって、意外と私生活ポンコツですよね⁉」

「うるちゃい……わたしは、ひとねむりしまーす……」

スマホを無理やり俺に渡すと、ワンルームの端っこの方に寝っ転がる鉢川さん。自宅とはいえ、自由だなこの人……。

まぁいいや――取りあえず、俺は電話に出た。


「はい、もしもし？」

『――決して私は、遊《ゆう》くんを許しません』

それは……呪いの電話だった。

さっきまで『アリラジ』で聞いていた声と、同じはずなのに――魂を凍らせるような、恐ろしい怒りを感じる。

「……まさかとは思いますが、結花さんでしょうか？」

『……まさかとは思いますが。久留実《くるみ》さんのおうちに上がり込んで、禁止されてるはずの「アリラジ」を隠れて聴いていたのは、遊くんさんでしょうか？』

「な、なぜそれを……というか、どうしてここにいるって分かったの……⁉」

『酔った久留実さんから、お電話をいただきました』

「なんで⁉　言っていいことと言っちゃいけないことの区別がつかないタイプの酔っ払いだな‼　これじゃあもう、同じ手が使えないじゃないか！」

『……それが遊くんさんの、最後の言葉ということで、よろしいでしょうか？』

一瞬――眼鏡を掛けた結花の、冷たい表情が頭をよぎった。

だけど口調は家のもの。

学校結花でも家結花でもない、新たな『怒り結花』の登場に……背筋が凍る。

「だ、だけどね結花？　冷静に考えて？　俺はゆうなちゃんの一番のファン――『恋する死神』だよ？　そんな俺に、『ゆらゆら★革命』の番宣ありの神回を聴かせないとか……よくないと思うんだよ！」

『……今度こそ、遊くんさんの最後の言葉、ということでよろしいでしょうか？』

「怖い怖い！　ごめんなさい、ごめんなさい‼　言い訳して申し訳なかったです！」

さすがに気迫負けした俺が、電話口で謝り倒していると。

結花は、深いため息を漏らしてから――大声で言ったのだった。

『遊くんの……スーパーばーか！』

第15話【沖縄】修学旅行を楽しもうと思うんだけど【初日】

十一月中旬。

まだまだ先だと思っていた四泊五日の修学旅行が――早いもので、今日からはじまる。

「遊《ゆう》くーん！　早く早くー‼」

玄関の方から、結花《ゆうか》が急《せ》かしてくる。

「戸締まりしてるから、ちょっと待ってー。っていうか結花、忘れ物とか大丈夫？」

「だいじょーぶ！　もう昨日から五回は、忘れ物チェックしたもんねーだ‼」

どんだけチェックしてんの？

もう声色からして、めちゃくちゃはしゃいでるのが伝わってくる結花に――なんだか笑ってしまう。

戸締まりの確認を終えて、俺は玄関へ移動する。

ポニーテールに眼鏡に制服という、いつもの学校仕様にもかかわらず……溢れ出る『楽しみオーラ』を抑えられていない、にこにこ結花がそこにはいた。

「結花……顔がにやけすぎ」

「え？　し、仕方ないじゃんよ！　だって修学旅行だよ？　修学旅行！　もー一回も寝なくてもー♪　しゅーがくりょーこーうー♪」

小学生でも、そこまでなんないだろってくらいの、はしゃぎよう。

楽しみなのは俺も一緒だし、結花が楽しそうなのはいいことなんだけどね。

まぁ、でも……みんなと集合した途端、学校仕様に切り替わるんだろうな。

「よし。じゃあ、出掛けようか」

「うん！　遊くん、一緒に楽しい修学旅行にしようねっ‼　もちろん――インストアライブも、頑張るからね‼」

そう――これから俺と結花が向かうのは、沖縄。

四泊五日の修学旅行を、全力で楽しむこと。

そして、四日目に開催される『ゆらゆら★革命』のインストアライブにも参加して……

それを成功させること。

それが結花の目標。

修学旅行とライブの両立とか、正直めちゃくちゃ大変なことを言ってるよなって思うけど……結花が頑張りたいって言うんなら、俺は全力で応援するだけだ。

だって俺は、結花の未来の『夫』で。

結花が演じるゆうなちゃんの、一番のファン――『恋する死神』なんだから。


「うおー！　すっげぇ‼　遊一《ゆういち》、飛行機だぞ飛行機！」

「あははっ！　倉井《くらい》、ウケるー‼　飛ぶ前から、テンション上がりすぎじゃん？」

「うっせぇな、二原《にはら》は。いいだろうが、こういうのは――楽しんだもん勝ちなんだよ！」

飛行機に乗って、出発を待っていると。

隣に座ってるマサと、後ろの席に座ってる二原さんが……なんか盛り上がりはじめた。

そして、二原さんの隣に座ってる結花は――びっくりするくらいの無表情で、窓の外を眺めている。

家を出るときのテンションは、どこに消えたの？

切り替わりが凄《すご》すぎて、本当に別人じゃないかって思っちゃうんだけど。

そんな結花は……スマホに繋《つな》いだイヤホンをつけている。

多分だけど、結花が聴いてるのは――『ゆらゆら★革命』の曲。

……紫ノ宮《しのみや》らんむが同じ状況に置かれたら、絶対に修学旅行をキャンセルする。

実際に彼女はそう発言していたし、その信念を捻《ね》じ曲《ま》げることがないってのは——普段の和泉《いずみ》ゆうなとのやり取りで、よく分かっている。

だけど、和泉ゆうなは——綿苗《わたなえ》結花は。

そんな紫ノ宮らんむとは違う信念を持って、修学旅行とライブを両立するって決意した。

それからの結花は、絶対にライブを成功させてみせるって意気込んで、日々レッスンに明け暮れていた。

修学旅行でレッスン時間が削れる分、自分でトレーニングしなきゃとも言ってたっけ。

和泉ゆうなも、紫ノ宮らんむも——どちらも間違ってないと思う。

相反する考えの二人ではあるけど……真剣なのは、どちらも一緒だから。


『**——まもなく、離陸いたします。シートベルトをしっかりとお締めいただき——**』


「おい、遊一！　いよいよだぞ‼　俺たちは、沖縄の地へと飛び立つんだ！」

「お前、小学生かよ……ちょっと落ち着けって、マジで」

「おーい、綿苗さーん。そろそろ飛ぶよー……って、手の動き可愛《かわい》すぎじゃね？」

二原さんの指摘を聞いて振り返ると——機内モードで音楽を聴きながら、なんか手首でリズムを取ったり、軽く振り付けのような動きをしたりしてる結花がいた。

「……なに、佐方《さかた》くん？　じろじろ、見ないで」

俺と目が合うと、結花は片耳だけイヤホンを外して、冷たい口調で言った。

多分、イメトレしてるところを凝視されて恥ずかしかったんだろうけど……はたから見たら、恐ろしいほどの塩対応っぷりなんだろうな。

二原さんは「いいじゃん、減るもんじゃないしー」なんて、笑いながら絡《から》んでるけど。

そんな高揚した空気の中——俺たちの乗った飛行機は、沖縄へ向けて飛び立った。

◆

「うおおおおお！　沖縄だぞ、遊一‼　盛り上がってきたなぁ！」

「確かに、お前はやたら盛り上がってんな……地元の人に変な目で見られるから、ちょっと落ち着けよ」

初日の班行動の時間。

『旅のしおり』を筒状に丸めて、ぶんぶん振り回しながら国際通りを闊歩《かっぽ》するマサを見て、ちょっと引く俺。

見ろよ、結花と二原さんを。

お前みたいに大声を上げないで、ちゃんと楽しそうにしてるだろっての。

「めくるめく、沖縄の旅……どんな運命が待ってるんだろうな？　アニメの聖地になってるところも結構あるし、楽しみだろ遊一も！」

「沖縄が聖地のアニメって、どんなのがあったっけなぁ……離島の方なら、いくつか思いつくけど。後は海とか、水族館とか、そのあたりか……」

「……沖縄のローカルヒーローの話でも、しよっか？」

うわっ、びっくりした⁉

俺にしか聞こえない音量で、急に特撮系ギャルらしいコメントをしてきた二原さん。

「音もなく近づいてきて、耳元で囁《ささや》くのやめてくれない？　変な人に絡まれたのかと思って、びっくりしたんだけど」

「だって、二人だけで盛り上がってんだもん。うちらもまぜてよ、班行動なんだし？」

「……いいぜ、一緒に盛り上がろうぜ二原！　沖縄が聖地のアニメトークで、俺が盛り上げてやっからよ‼」

「……や。ふつーに、観光の話っしょ。アニメトークもいいけどさ、まずはお昼ご飯なに食べるかとか、そーいうのじゃね？」

ローカルヒーローがどうとか耳打ちした人が、なんか急に正論ぶっ放した。

まぁ、さっきの妄言は置いといて……飛行機の到着時間の関係で、もう十五時前だし。ひとまず昼ご飯を食べたいってのは同意だけど。

「綿苗さん、何か食べたいもの、ある？」

「………………」

マサと二原さんがわいわいやっている中、振り返って結花に声を掛けると——。

結花は口元に『旅のしおり』を当てて、鼻唄でも歌い出しそうな勢いで、にこにこしていた。

眼鏡の力でつり気味になってる目ですら、なんか笑いすぎて垂れてきてる気が。

「……結花。結花、ちょっと」

「……ん？　なぁに、遊くん」

隣に寄って小声で話し掛けると、結花は飼い主を見つけた小犬みたいに、瞳を輝かせはじめた。

尻尾なんてないはずなのに、なんかぶんぶん振ってるように見える。

「……マサが見たら驚くよ。そんな家の中みたいな笑顔してたら」

「……仕方ないじゃんよ。楽しいんだもん。ぶー」

ぶー、って。

ポニーテール＆眼鏡の学校結花が、ぷっくり頬を膨らませてる姿には、違和感しかないけれど。

それくらい……本当に楽しくて仕方ないんだろうな、結花は。

——俺にとっての中学の修学旅行は、まだ陽キャぶってた痛いキャラの頃で。

当時好きだった野々花来夢《ののはならいむ》と、絶対付き合えるだろって驕《おご》りたかぶってた……黒歴史の時代だから。

正直、思い出すと身悶《みもだ》えしながら頭を壁に打ち付けたくなる。

だけど——参加することすらできなかった結花には、そんな想《おも》い出《で》すらない。

結花にとっては、今回が唯一参加した修学旅行。

俺たち以上に、楽しい想い出にしたいって思うのも……当たり前だよな。

だから俺は、小さな声で結花に伝える。

「じゃあまずは、おいしいものでも食べて……最初の想い出にしようか？」

「……うんっ！　ゴーヤチャンプルーとか、ラフテーとか——いっぱい、楽しく食べようね！　遊くんっ‼」

……こんなに楽しそうにしてる人が、一緒に行動してたら。

俺だって百パーセント——楽しい修学旅行になると思うよ。本当に。


「わぁ、見て見て！　シーサーだよ、シーサー‼　どっかに、シーサーの王様とか、いないかな⁉」

「シーサーは王族じゃないと、思うけど」

なんかシーサーでめちゃくちゃはしゃぐ二原さんに、クールなツッコミを入れる結花。

マサの奴《やつ》は「ここから見える景色に、あの聖地があったはず……‼」とか言って、どっかに走って行ってしまった。あいつ、フリーダムに楽しんでんな……。

——ここは、沖縄に昔から伝わる神社、らしい。

班行動のスケジュールにこの場所を組み込んだのは、結花たっての希望があったから。

なんでもこの神社、沖縄でも有名なパワースポットらしくって。

結花はライブの験担《げんかつ》ぎに、どうしても来たかったみたい。

「あれ？　倉井、どこ行ったの？」

「あいつなら、なんかテンション上がって、走って消えたよ」

「……ほう。ってことは、残ってるのはこの桃乃《ももの》様と――カップルのお二方、と」

「カ、カップルって！　桃《もも》ちゃん……そうだけど！　そうなんだけど‼　いざ言われたら、なんか恥ずかしくなっちゃうよぉ……」

「結《ゆう》ちゃん、やばい可愛すぎー。こんなんもう……お邪魔虫は、退散するしかないなぁー。倉井でも捜しに、ぶらり桃乃旅でもしよっかねー」

そして、二原さんは――「ごゆっくりー」なんて捨てゼリフを残して、駆け足気味にどこかに行ってしまった。

残されたのは……俺と結花の二人だけ。

「……どうしよっか、結花？」

「……やっと二人きりだね？　遊くんっ」

――いやいや、そういうのやめよう？

そんな殺し文句みたいなの不意打ちで言われたら……心臓が止まるから。本気で。

「と、取りあえずお参りに行こうか？　明後日《あさって》のライブの成功を祈願しなきゃだし……」

「うんっ！　遊くんと二人っきりになれたし……えへへっ。ここって、すっごい御利益《ごりやく》ありそう！」

そんな感じで、無邪気に笑ってる結花と一緒に、階段をのぼりはじめた。

制服姿の結花と、二人で見知らぬ土地を歩いてるって……なんか不思議な感覚だな。

――なんて考えながら、階段をのぼりきると。

「……ママー！　パパー‼　どこー？　ママー‼」

半泣きになりながら、うろうろと歩き回っている女の子がいた。

小学校低学年くらいだろうか？　旅行客っぽいけど。

小さな子が、こんなところで迷子になったら、めちゃくちゃ不安だよな……。

「――すみませーん！　誰か、女の子とはぐれた方、いらっしゃいませんかー‼」

……………驚くほど響き渡る声量で、結花が叫んだ。

沖縄の海のように、澄み渡った綺麗《きれい》な声。

宇宙で一番愛してるゆうなちゃんの声で――聞き慣れた許嫁《いいなずけ》の声。

女の子も、突然のことにびっくりしたのか、ぴたっと泣きやむ。

そんな彼女の頭に手を置くと――結花はよしよしと、優しく撫《な》ではじめた。

「大丈夫だよ。ちゃんとママ、来るから。大好きなあなたを置いて……どこかに行ったり、しないよ」

「……ほんと？」

「うん。お姉ちゃんが、約束するから。ちょっとだけ、一緒に待ってよ？」

――同棲《どうせい》をはじめて最初の頃。保育園のボランティアに行くことになったとき。

後から駆けつけた結花が、今と同じように――子どもを慰めて、泣きやませたのを思い出す。

普段だったら、外ではコミュニケーションが苦手で、口数の少ない結花だけど。

今みたいに、子どもが困ってたりしたら……がむしゃらな行動力を見せるんだよな。

本当に、結花は――優しい子だなって思う。

「……くーちゃん！」

「あ、ママ！　パパ‼」

そうこうしていると――女の子の両親らしき二人が、こちらに向かってくる。

女の子はぱぁっと表情を明るくすると、二人に駆け寄って、ギューッと抱きついた。

「すみません、ありがとうございます！　くーちゃん……よかった」

「本当にありがとうございます。旅行に来ていたんですけど、はぐれてしまって……どう御礼《おれい》をしたらいいか……」

「……いえ。当たり前のことを、しただけなので。くーちゃん。よかったね」

「うん！　ありがとう、おねえちゃん‼」

そして、笑顔で結花に手を振りながら——女の子は両親に連れられて、神社を後にした。

手を振り返してる結花は、ホッとしたような笑顔をしていて……なんだか、結花がこの神社の女神様みたいだな。

「……よーし、じゃあ遊くんっ！　気を取り直して——お参りに行こー‼」

明るい調子でそう言って、右手を振り上げて意気揚々と歩き出した結花に。

俺は無意識に……頬が緩んでしまうのを感じる。

なんだか、この修学旅行——最高の想い出になりそうだな、なんて。

心の底から、そんな風に思ったんだ。

第16話　【沖縄】水族館も海も、最高しかなくて困る【2日目】

修学旅行、二日目。

初めて迎えた沖縄の朝は……十一月にもかかわらず、まだ少し暖かさが残っている。

ちなみにこの部屋は、うちの班ともう一班の男子五人で使ってる。

もう一班の男子三人は、正直ほとんど絡《から》んだことがないメンバーだけど――確か天文部に入ってる三人だったはず。

会話はそこまでしないけど、お互い文化系なので……居心地としては、セーフな部類だと思う。

これが運動部のメンバーとか、チャラ男の集まりとかだったら、即死だった。

昨日は国際通りで昼食を食べて、神社を巡った。

今日も楽しい一日を過ごせたらいいな――なんて、思っていると。

「うぉおぉ……遊一《ゆういち》ぃいぃ……腹が痛いぃいぃ……」

同じ班のメンバーにして悪友――マサが、布団《ふとん》にくるまった状態のまま、悲痛な声を上げはじめた。

「……どうしたの、お前？」

「だから、腹が痛いんだって……死ぬ？　俺は、死ぬのか？　ちくしょう、こんなところで……生き残りたい、生き残りたいぃぃぃ……」

尋常じゃなく騒いでるんで、急いで先生たちを呼びに行く。

そしてマサは——病院に運ばれていった。


「倉井《くらい》くん、どうしたの？」

「多分、食あたりだろうって。四人とも、同じもの食べた気がするんだけど……なんであいつだけ、食あたりになってんだか」

「倉井だけで食べたの、あったっしょ？　生っぽくてやばくね？　みたいに、うちがドン引きしたやつ」

「ああ……あったな、そういや」

ってなわけで。

修学旅行二日目は、マサ……無念のダウン。

まずは学年全体で、講演会のようなものを聴いて。

その後は、班行動なんだけど――マサがいないから、俺と結花《ゆうか》と二原《にはら》さん、三人で回ることになる。

いや、これ……たいして親しくないメンバーと班組んでたら、俺が死んでたわ。

……マサが不在で、話を長時間持たせられる自信とか、ないもの。

マサ。お前がいなくなって、お前の存在が大事だったんだってこと、すげぇ実感したよ。

いつもありがとうな、マサ。絶対、生きて帰ってこいよ。

絶対に――死ぬなよ。

「――どしたの、佐方《さかた》？　ぼんやりして」

「ああ。ごめん。脳内でマサの死亡フラグを立ててた」

「どゆこと？」

俺が適当な発言をすると、小首をかしげる二原さん。

だけどすぐに、「ま、いっか！」なんて、あっけらかんと言うと。

にんまりした笑みを浮かべながら――結花の腕に、ギューッと抱きついた。

そんな二原さんの顔を無表情に見る、塩対応な結花。

「……いきなり何？　近すぎるんだけど、二原さん」

「ちょいちょいー。結《ゆう》ちゃん、周りをよく見て？　ここにはうちらと、佐方しかいないよん？　はい、テイク2ー」

「……い、いきなり、どうしたの⁉　近すぎて、なんか照れちゃうよぉ……桃《もも》ちゃん」

テイク1とテイク2の差が、尋常じゃない。

状況に応じた切り替え、早すぎない？　ゲームじゃないんだから、そんな素早くキャラチェンジするとか、普通はできないって……。

「しっかし、倉井ってば運がないよねー。今日は修学旅行の中でも、とびっきり盛り上がる日になるだろうってのにさぁ」

「で、でもね？　倉井くんには、ごめんねだけどね？　倉井くんがいたら、ちょっと恥ずかしすぎたかも……」

「あははっ！　結ちゃん、可愛《かわい》いなぁ。でもさ、それ、佐方も同じじゃん？　今日に関しては正直、倉井がいなくてよかったって、ちょっとは思ってるっしょ？」

「冗談じゃないよ、二原さん。俺が一番の友達のマサに向かって……いない方がよかったなんて、思うわけないだろ？」

「結ちゃんの水着姿を、じろじろ見られたかもしんないのに？」

「…………い、いない方がよかったなんて、思うわけないだろ！」

「舐《な》めるように、見られたかもしんないのに？」

「…………ぐぬぬ」

その攻め口は卑怯《ひきょう》だって。

そんな言い方されたら、「ぐぬぬ」ってなるわ、さすがに。

っていうか、舐めるように見るって。

マサのこと、なんだと思ってんだ。多分、見ると思うけど。

――と、そんな軽口を叩《たた》き合いながら。

俺たち三人が向かうのは、沖縄旅行の最大の目玉。

サファイアのように青く澄み渡る……海での一日だ。

◆

「……綺麗な海だな。波打《なみう》ち際《ぎわ》を見てると、心が落ち着く」

意味もなく独《ひと》り言《ご》ちつつ、俺は一人――沖縄のビーチに立ち尽くしていた。

トランクスタイプの水着を穿《は》いて、さほど引き締まっているわけでもない上半身を晒《さら》しながら。

海の音を聞きつつ……平静を保とうと心掛けていた。

海に来たからって、俺はハイテンションになったりしない。

佐方遊一は、クールに過ごすぜ。


「おーい、佐方ぁ！」


……そうして、精神統一を図っている俺を呼ぶ、ギャルの声。

大きく深呼吸をしてから、俺は海を背景に振り返る。

そこには——少し前に自撮りで送ってきた水着を着た、二原桃乃《ももの》の姿があった。

肩紐《かたひも》がない、どうやって固定してるんだかよく分からないビキニ。フリルがたくさんついていて可愛らしいデザインなんだけど……二原さんの胸元は、全然可愛くない。

だってこのビキニ、なんか胸の谷間のところが、際立《きわだ》つデザインなんだもの。

そして、そんな水着を身につけたら当然——豊満な二原さんの胸は、いつも以上の迫力を見せていて。

可愛いとかじゃなく……もはや男殺しの凶器だ。

「どーよ？　ほい、悩殺ポーズだよんっ」

「──ぶっ⁉　やめてやめて、前屈《まえかが》みになって谷間を強調するのは！　俺をどうしたいの、二原さんは⁉」

「んー……佐方を悶々《もんもん》とさせて、遊びたい！」

「さらっと、悪魔みたいなことを言うね……そういう悪い遊びはやめようか？　全男子にとって、色々とよろしくないから。本当に……」

「へぇ……楽しそうですねー。いいですねー、絶景ですねー。はいはい、遊《ゆう》くんは、そういう景色がお好きですものねー。け！」

二原さんにからかわれてる俺に向かって、拗《す》ねたような声が聞こえてくる。

なんか那由《なゆ》の「けっ！」ってやつを真似《まね》しようとして、失敗してたけど。

おそるおそる、声のした方へと顔を向けると、そこには──水着姿の結花がいた。

俺たち三人しかいないから、眼鏡を外して髪の毛をおろした、素の結花。

そんな彼女が身につけてるのは……ビキニタイプの水着。

二原さんと違って、肩からちゃんと細い紐《ひも》で吊《つ》られてるけど。

極端に露出が多いわけじゃないけど。

今年の夏に発表された、ゆうなちゃんの水着姿（ＳＲ）とそっくりな。

——まさに俺の好みどんぴしゃな、水着姿だった。


「……反応がうすーい。やっぱり、桃ちゃんの巨乳ほどのインパクトがないって、言いたいんでしょ」

「言ってないよね⁉　そんな双方に失礼なこと、思ってないんだけど⁉」

「け！」

「できないんなら、那由の真似しなくていいから！　そういう悪い子の行動を真似しちゃだめだから‼」

はぁ——なんか顔が、じわじわ熱くなってきた。

だって、あどけない顔付きの結花に、可愛い系のその水着はよく似合ってるって……そう思うから。

気恥ずかしいから、直接は言わないけどね。

そうして俺が黙っていると、唇を尖《とが》らせた結花が、二原さんのことを上目遣いに見た。

「桃ちゃんってば、いじわるー……そんなおっきな胸されたら、私の立つ瀬がないじゃんよぉ」

「や、別にうち、海用に胸を膨らませてるわけじゃないかんね？　普段から、この胸で生きてるんだってば」

「それが、ずるいんだよー。分けてよー。うー……」

「……ぷっ！　あははははっ‼　分けてとか、めっちゃ可愛いんだけど！　結ちゃんはそのままで、最強に可愛いって。ほら、佐方をよく見なって……ちゃんと性的な目で、結ちゃんのこと、見てるっしょ？」

なんか急に、ギャルに指差されて「性的な目で結花を見てる」という罵倒を受けた。

なんだよ、「ちゃんと性的な目」って。ちゃんとしてる性的な目と、ちゃんとしてない性的な目の違いが分かんねぇ。

「遊くん……ほんと？　ちゃんと、私のことを……ドキドキ見てる？」

「えっと……それ、答えなきゃだめなの？」

「うえーん、桃ちゃんー‼」

「よしよし、結ちゃん……あのさぁ、佐方さぁ。男らしく、ちゃんと言いな？」

「……俺はどういう回答を、求められているのか」

「『俺は結花を、性的に魅力があると思って見てました』……っしょ？」

「ばかなの⁉　そんな言い方する奴《やつ》、気持ち悪いよな⁉」

「うえーん！　やっぱり私、魅力ないんだー‼」

「佐方、最低……」

なんでやねん。

明らかに因縁を付けられてるとしか思えないけど、このままだと収拾がつかないし。

俺は勇気を振り絞って、結花の目を見て——はっきりと告げた。

「……結花。その水着、よく似合ってて。うん……すごく、可愛いよ？」

「……ほんと？　えへへっ……遊くんに、可愛いって言われちゃったっ！」

俺の一言を聞いただけで、一気にご機嫌な笑顔になった結花は、二原さんの腕をぐいぐいーっと引っ張ってはしゃぎ出す。

そんな子どもっぽい結花の頭を、わしゃわしゃっと撫《な》でる二原さん。

「さーて、丸く収まったところで……二人とも、海を楽しもうねぃ？」

言うが早いか、二原さんはニヤッと——怪しい笑みを浮かべた。

そしてどこに持っていたのか、化粧品のようなものを取り出して。

「結ちゃん。海で泳ぐ前にさ、日焼け止めクリームを塗った方がよくない？　十一月とはいえ、日に当たるわけだしさ」

「あ、そうだね……ライブもあるし、ちゃんと塗っておかないとだね‼」

「んじゃ、佐方。ちょい日焼け止め、結ちゃんに塗ったげて？」

「急にこっちに振ってきたな⁉」

最初から絶対、そういう筋書きで話を運ぼうとしてたでしょ、二原さん。

日焼け止めクリームを女子に塗るシチュエーションなんて、マンガとかアニメでしか見たことないんだけど。

「え、ちょ、桃ちゃん⁉　遊くんが、私に塗るの⁉」

「そりゃそうっしょ。塗られる方もドキドキ、塗る方もドキドキ……青春じゃね？　これこそまさに、修学旅行って感じ！」

「そんなことはないな⁉　日焼け止めクリームを塗るイベントは、別に修学旅行の定番じゃないからね⁉」

「うー……恥ずかしいよー、桃ちゃんー……」

「結ちゃんがやんないなら、うちが佐方に塗ってもらうけど？」

「やります！　私に塗ってください、遊くんっ‼　桃ちゃんじゃなくって！」

二原さんにうまく乗せられて、自ら志願してきた結花。

ここで断ると、また「胸が小さいからかー‼」って、さっきのターンに戻るだろうし
……受けざるをえない。

さすが二原桃乃。結花の転がし方を、よく分かってるな……。


――そんなこんなで。

砂浜に敷いたシートに、うつ伏せで寝転がった結花は……背中のホックを外した。

はらりと水着はシートに落ちて、結花の白くて綺麗《きれい》な背中が、完全に露出される。

恥ずかしそうに顔を伏せる結花。

俺の後ろで、楽しそうに笑ってる二原さん。

そして俺は――自分の手に日焼け止めクリームをつけて、ごくりと生唾を飲み込んだ。

マジでやるのか、これ……。

「ゆ、遊くん……私の背中、変じゃない？」

両腕に顔を伏せながら、結花が呟《つぶや》くように尋ねてくる。

恥ずかしさなのか、不安なのか、ちょっとだけ結花の身体《からだ》が震えてる。

「へ、変じゃないよ？　じゃあ、結花……塗るよ」

「ひゃっ⁉」

ちょっ、変な声出さないでくれる⁉

俺が背中に手を当てた瞬間、もぞもぞしないで——こっちまで恥ずかしくなるから。

結花のすべすべとした、柔らかくて温かい背中。

そこに俺はゆっくりと……日焼け止めクリームを塗っていく。

「んにゃ……ふにゅ……ん……」

「静かにしようか、結花⁉　二原さん、もうこれやめにしな——って、いないし‼」

いつの間にか二原さんが姿を消してる。

二人をくっつけて、自分は何も言わずに立ち去る……まさにヒーロー。

いや、日焼け止めクリームを塗るシチュエーションを作るヒーローとか、さすがにねーな。良い子のみんなに見せられないし。

「……きもちいーなぁ。えへへっ、ありがとう遊くんっ……」

ちらっとだけこちらに顔を向けて、くすぐったそうに笑う結花。

そんな言葉と一緒に漏れた吐息は、なんだか艶《あで》やかで。

とてもじゃないけど結花を直視できなくって……さっと目を逸《そ》らす。

「じゃ、じゃあ。身体の横の方にも、クリームを塗るね……」

「え？　あ、ちょっ、ちょっと⁉　遊くんっ⁉」


――――むにゅ。


なんか両手が、柔らかいものに触れた……ような気がする。

……その物体が。

身体の横からむにゅっと出てる胸だと気付いたのは――結花が絶叫してからだった。

「うにゃああああああああ⁉」

その後――戻ってきた二原さんから死ぬほどネタにされたのは、言うまでもない。
二日目も波乱ばかりの修学旅行だったわ……本当に。

第17話【沖縄】夜の旅館で起きたハプニングについて話そう【3日目】

「昨日は酷《ひど》い目に遭ったぜ……本当に」

げっそりした顔をしたマサが、隣でなんかぼやいてる。

修学旅行三日目――現在俺たちの班が来てるのは、水族館。

大きな水槽の中では、色とりどりの魚や、巨大なマンタが泳いでいる。

「なぁ、遊一《ゆういち》……いい加減教えろって。二人はどんな水着だったんだよ？　らんむ様が着てたようなセクシー系か？　それとも、ゆうな姫みたいなキュート系か？」

「お、マサ。見ろよ、ジュゴンいるぜ」

「なんで昨日からずっとノーリアクションなんだよ！　ずるいだろうが、独り占めしやがって‼」

うるさいな、お前は。

言わないっつーの。結花《ゆうか》の水着を妄想されるとか……なんか嫌だし。

「なぁに、騒いでんのさ？　倉井《くらい》、回復した途端にフルスロットルすぎね？」

「……二原《にはら》。なぁ、教えてくれよ……どんな水着を着たんだよ？」

「……わーお、直球のセクハラだ。よっしゃ、先生に言っちゃおーっと」

「ちょっ⁉ 待って、待って二原！ 今のはボーッとして、つい口が滑って――」

スマホを手にして歩き出した二原さんを、慌てて追い掛けるマサ。

そして、ドタバタと二人がフェードアウトしたところで……。

「遊《ゆう》くんっ、二人っきりだよっ！」

お土産を見てた眼鏡結花が、なんか満面の笑みを浮かべて、ぴょんと飛び出してきた。

「えへへっ、すごいね桃《もも》ちゃん！『二人っきりにしたげるから、いい感じにデートしなよ？』って言って……本当にそうしちゃった！」

「え？ さっきの二原さん、まさかマサの気を引きつけるために、わざとやってたの⁉」

すげぇな、コミュ力お化けの特撮系ギャル。

感心するやら、呆《あき》れるやら。

そんな俺の手をぐいぐいっと引っ張って、結花は歌うような軽やかさで言った。

「ねぇ、一緒にお店見ようよー遊くん！ このスノードーム、可愛《かわい》いよねっ‼」

「おー、イルカとかマンタとか、色々いるんだね」

「こっちのぬいぐるみも、可愛いね。あ、でも……遊くんの方が可愛いよ！」

「いやいや⁉ ペンギンのぬいぐるみと比較されても、なんとも言えないんだけど！」

「あははっ！　……楽しいなぁ、修学旅行」

ピンク色のイルカのスノードームを眺めながら——結花は噛《か》み締《し》めるように、呟いた。

……結花にとって、最初で最後の修学旅行が、楽しい想《おも》い出《で》で溢《あふ》れてたらいいなって。

俺は心の底から、そう思うし。

多分もう、そうなってきてるんじゃないかなって気がする。

だって、俺もとっくに——過去最高に楽しい修学旅行だって、感じてるんだから。

◆

「おい、遊一！　枕投げしようぜ‼」

「正気か、お前？　まだ七時だぞ？　枕投げのターン早すぎだろ、マサ」

布団《ふとん》すら敷いてないのに、枕だけ出してきて、どんだけ枕投げしたいんだこいつは。

っていうか、一緒の男子部屋になってる奴ら、別に親しくないのにどうする気だよ。

まさか二人で枕投げすんの？　キャッチボールならぬ、キャッチ枕……嫌だな……。

「——ちなみに遊一。明日の『ゆらゆら★革命』のライブ、どうやって抜け出す？」

ふいに顔を近づけて、マサがこっそり耳打ちしてきた。

お前、当たり前みたいに脱走計画を話し出すなって。

「抜け出してどうすんだよ。お前、チケット持ってんの？」

「持ってねぇけどよ……同じ沖縄の地に、らんむ様とゆうな姫が降り立つんだぜ？　せめて近くに行って、同じ酸素を吸いたいじゃねぇか」

「上級者すぎんだろ」

その『ゆうな姫』が、自分の修学旅行の班員だって知ったら、腰を抜かすんだろうな。

……そういえば、明日はいよいよライブ当日なのか。

結花、大丈夫かな。緊張しすぎてないといいけど――。

当たり前だけど。


「……失礼するわ」


そのときだった。

ノックする音がしてすぐに、うちの男子部屋に……一人の女子が、入ってきたのは。

ポニーテールに結った髪。細いフレームの眼鏡。

唯一違うのは、いつもの制服姿じゃなくって、浴衣《ゆかた》を着ていることくらい。

それは、綿苗《わたなえ》結花。

ちょっとつり目気味で、無表情で感情が読みづらい——学校バージョンの方だ。

「わ、綿苗さん⁉」

マサが予期せぬ来訪者に、目を丸くする。

他の三人も、まさかの綿苗結花に、ざわざわしてる。

確かに学校の結花だけしか知らないと……この子が修学旅行で男子部屋に来るとか、夢にも思わないもんな。

「佐方《さかた》くん、ちょっといいかしら？」

「え、どうしたの？」

「……ちょっと、いいかしら？」

なんの説明も付加せず、語気だけ強くしてくる結花。

いやいや、怪しいでしょ？　修学旅行だよ？

普通に考えたら、これって——なんか女子が、好きな男子に告白してきたとか。

そういうイベントに見られるでしょ、絶対。

「——遊一」

そんな心配が頭を巡る俺の肩を、マサがポンッと叩《たた》いた。

そして——シニカルに笑って。

「大変だな、お前も……絶対に説教される感じだぞ、あの顔は」

「……あん？」

いや。ああ……まぁ、確かに。

無表情のまま、上目遣いにじっとこっちを見つめる結花の姿は——知らない人から見れば、怒りで睨《にら》んでるようにしか感じないか。

変な誤解をされるよりは好都合なので、ひとまずその空気に乗っかることにする。

「マジか……えっと。どこに行くの、綿苗さん？」

「……ちょっと、表に出て」

「表って。なんの用事なのさ？」

「……いいから。顔を貸して」

——表に出ろや。面《ツラ》貸せや。

完全にキレてる人のセリフ回しだな。

考えうる限りの最適解だよ、結花。絶対に本人、何も考えずに喋《しゃべ》ってると思うけど。

……そんな感じで。

俺は結花と一緒に、男子部屋を出たんだけど。

「それで、どうしたの結花？」

「遊くん、こっち！　こっちの部屋……今、誰もいないから‼」

「……誰も、いない？」

「うん、だから……しようと、思って」

え。誰もいない部屋で、二人っきりで……何するの？

――えっと、まさか。

そういうこと、すんの？

「……桃ちゃんが、教えてくれたんだ。体調悪くなった人用に、予備部屋があるよって」

「ああ……そういえば、マサが昨日使ったって言ってたな」

そんなやり取りの合間も、俺は内心――ドキドキが止まらない。

だって、修学旅行の夜に、許嫁《いいなずけ》と誰もいない部屋に二人っきりって。

……よかった。さっきお風呂《ふろ》に入っておいて。

——遊くん。二人だけの想い出作り……しよ？

つまり、そういうことだよね？

修学旅行で、大人の階段をのぼるのか……高校二年生って、なんか凄《すご》いな……。

「じゃあ……いくよ、遊くん？」

もう俺の頭は、まともに機能しなくなってる。

そして、大胆にも結花は。

二人っきりの部屋で——ダンスしはじめた。

…………ん？

「あれ？　えっと、あれかな……求愛の儀式的な？」

「求愛の儀式⁉　うー……まだ下手っぴってこと？　じゃあ、もう一回やるから見てて

——明日の本番までに、完璧に仕上げなきゃだから！」

「明日が本番なの⁉　じゃあ、今日は何するの⁉」

「え、練習だよ⁉　だって本番は——インストアライブの本番は、明日だもん」

……インストアライブ？

ああ、そういう本番ね。ようやく俺の頭の中で、色んなことの合点《がてん》がいった。

つまり結花が、俺をここに呼んだのは……明日に向けた振り付けの練習をするところを、客観的に見てほしいって。そういうことだったのか。

えっと……最初からそう言ってくれないかな、結花？　無駄にドキドキするから。

――気を取り直して。

結花が、『ゆらゆら★革命』の歌に合わせたダンスを踊る。

公式動画サイトに、ショートバージョンが上がってたのは見たけど……そのときより、ずっとキレが良くなってる気がする。

結花……相当頑張ってたもんな。

大阪公演のときは疲れきって、帰りの新幹線で爆睡して、鉢川《はちかわ》さんの家で少し寝かせてもらったくらいだし。

「……修学旅行と両立するって、私が言い出したからね」

一曲踊り終わったところで、結花が呼吸を整えつつ、言った。

「ファンのことも、らんむ先輩のことも、がっかりさせないよう――しっかりやらなくっちゃ。だから。ごめんね、せっかくゆっくりしてたのに……付き合わせちゃって」

「……ううん。いつだって付き合うよ。だって俺は、結花の未来の『夫』で……『恋する死神』だから」

「うん！　ありがとう、遊くん……『恋する死神』さんっ!!　――ゆうなが頑張れるのは、あなたがそばにいてくれるから。だから、ありがとうって思ってるんだよ？」

――そのセリフは。

『ゆらゆら★革命』の告知用ショートアニメの、ゆうなちゃんのもの。

だけど、それは……驚くくらいに、結花とリンクしていて。

「ゆうなも、結花も……頑張るねっ！　だーかーら……一緒に笑お？」

◆

――そして、ついに本番の日がやってきた。

四泊五日の修学旅行の四日目で、『ゆらゆら★革命』が沖縄でのインストアライブを開催する日。

その日の沖縄は、雲ひとつない晴れやかな空で。

なんだか、決意を固めた結花の心みたいだなって……ぼんやりと思った。

今日のおおまかな流れは、こんな感じだ。

①結花が待ち合わせ場所まで移動する　俺もそれに同行する
②鉢川さんが車で結花を拾い、インストアライブに向かう
③俺は修学旅行に戻り、俺と二原さんでマサを誤魔化しつつ、一日を過ごす
④ライブ終了後、鉢川さんが車で結花を送ってくるので、うまく合流する

「んじゃ、取りあえずはうちが、バレないよう誤魔化しとくから。佐方、ちゃんと結《ゆう》ちゃんを送っといでね。結ちゃんは……頑張って！　応援してっからさ‼」

「うん！　行ってきます、桃ちゃん‼」

二原さんにエールを送られて、結花は嬉《うれ》しそうにガッツポーズを決めた。

「二原さん、ありがとう。協力してくれて」

「や。友達が頑張ってんのに手伝わないとか、うちの中のヒーローが許さないからさ。つか、倉井は勝手にやらかして怒られてっから、誤魔化すのもそんなに困んなそうだし」

マサは有言実行、チケットもないのにインストアライブの会場に行こうと企《たくら》んだ。

そして俺たちより先に、修学旅行を抜け出そうとして——敢《あ》えなく郷崎《ごうさき》先生に見つかり、ただいま絶賛お説教を食らってる。

「早く行きなって。見つかっちゃうと面倒だし。こっちは――桃乃《ももの》様に任せといてよ！」

そんな頼もしい友人に見送られて……俺と結花は、修学旅行を抜け出した。

事前に鉢川さんと決めておいた待ち合わせ場所まで、二人とも駆け足で向かう。

「遊くんも、桃ちゃんも……ありがとう。それから、ごめんね……私のわがままで」

「わがままじゃないって。俺たちだって、結花と修学旅行に行きたかったし――ライブも楽しみにしてるんだから」

結花の手を引きながら……俺はふっと、ゆうなちゃんのことを考える。

俺が人生のどん底だったとき、俺を救ってくれたアリスアイドル――ゆうなちゃん。

『アリステ』の中では、それほど高い人気じゃない彼女が、まさかこんな風にフィーチャーされるなんて……夢にも思わなかった。

そして、そんなゆうなちゃんの大事なライブのために――自分が手助けをする未来が訪れるなんて、妄想したことすらなかったな。

「結花。俺は残念だけど、現場には行けない。だけど……いつだって全力で、応援してるから。ゆうなちゃんのことも、和泉《いずみ》ゆうなちゃんのことも――綿苗結花のことも」

「うん、知ってる！　いつもありがとう、遊くんも――『恋する死神』さんも‼」

そして俺と結花は、待ち合わせ場所に到着した。

時間もちょうどぴったり。

これで鉢川さんが車で拾ってくれれば、インストアライブの開演には十分に間に合う。

修学旅行とインストアライブの両立……どうにかなりそうだな。

――そう、思ってたんだけど。

「……鉢川さん、遅くない？　もう十分以上、待ってるけど」

「どうしたんだろ？　大丈夫かな久留実《くるみ》さん……あ。ちょっと待ってね、遊くん」

ちょうど着信があったらしく、結花が電話に出る。

「もしもし、久留実さん？　どうしたんで――え？　パンクしちゃって、車が立ち往生してる？　……時間に、間に合いそうにないんですか？」

電話をしているうちに、結花の顔が曇っていくのが分かった。

車が立ち往生？　時間までに、間に合わない？

これは、かなりの――大ピンチなんじゃないか？

第18話 【沖縄】推しキャラの声優は、いつも頑張り屋だから【4日目】

「ど、どうしよう遊《ゆう》くん……久留実《くるみ》さんの車が、パンクしちゃって、ライブに間に合わなくって……っ！」

「……結花《ゆうか》、いったん落ち着こう。慌てすぎると、焦《あせ》って何も考えられなくなるから」

その言葉は、半ばパニックになってる結花をなだめるためだけじゃなくて……俺自身に言い聞かせるためのものでもあった。

修学旅行とインストアライブを両立させるために、一番頑張っていたのは――間違いなく結花だ。そんな結花なら、不測の事態が起こったら、うろたえてしまうのも当然だ。

だからこそ、俺は――冷静でいないと。

「ここからバスで……いや、駄目か。次のバスの時間を待ってたら間に合わなくなる。タクシーを拾うしかないな……大通りに出よう、結花！」

涙目になってる結花の手を引いて、俺は大通りの方へと向かう。

結花や鉢川《はちかわ》さんが頑張っているとき、俺は見てるばかりで――何も手助けできなかった。

新しい挑戦に対して、プレッシャーを感じてる結花に。

最初で最後の修学旅行と、初めてのユニットでのライブ。どちらも大事だから……両立させるために、気を張りながら頑張ってる結花に。

声を掛けたり、見送ったり……その程度のことしか、できなかったんだ。

何が未来の『夫』だ。何が『恋する死神』だ。

自分の不甲斐《ふがい》なさが、情けなくなる。


「タクシー……なんでだよ。全然いないじゃないか……っ！」

大通りに来て車道を見渡しても、タクシーが一台もいない。

タイミングの問題なのか。それとも、この通りはもともとタクシーが少ないのか。

「遊くん……ありがとうね。私の無茶に、付き合わせちゃって……ごめん」

そう言って俯《うつむ》いた結花の肩は、少しだけ震えていて。


——高校で楽しい想い出を、いっぱい作っていくぞーって決めたから……一緒に楽しんでほしいなって。

——私なりの全力で、らんむ先輩と同じステージを……成功させます‼

結花は本当に、いつだって全力だった。

いつだって真剣で、いつだって笑顔を絶やさなくって。本当に、本当に頑張ってたんだ。

その努力が、こんな形で実らないとか……そんなこと、あっていいわけないだろ。

なぁ、神様？　修学旅行の初日に、お願いしたじゃねぇか。

……………ふざけんなよ。

俺は絶対――諦めないからな。

不甲斐なくって、頼りない俺だけど。

神様がたとえ手を伸ばしてくれなくたって、俺は最後まで――結花の手を離さない。

「――すみませーん！　誰か、車に乗せてくれる方、いらっしゃいませんかー‼」

普段はあまり自己主張をしない、できるだけ空気みたいに生きていたいと思ってる……

そんな俺にあるまじき行動。

でも今は、なりふりなんて、かまっていられないから。

「ゆ、遊くん⁉　何して……」

「すみません！　お願いします、止まってください‼　すみません‼」

結花が目を丸くしてるけど……そうだよな、こんなの柄じゃないよな。

だけど、それでも……俺は喉が潰れるくらい全力で、車道に向かって叫び続けた。

「すみませーん！　お願いします……お願いします、止まってください‼」

――そのときだった。

一台の車が、目の前に停車したのは。

そして、ゆっくりと開いたサイドガラスから――顔を出したのは。

「あ！　このまえの、おねえちゃんだー‼」

……修学旅行の初日に、迷子になっていた女の子だった。

「すみません、ありがとうございます……本当に助かりました」

「いいえ。御礼《おれい》もできていなかったので……お役に立てたなら、何よりですよ」

「そうですよ。レンタカーを返したら、今日には沖縄を発《た》つ予定だったので――最後に恩返しができて、本当によかったです」

運転しているお父さんと、助手席に移ったお母さんが、朗らかに笑いながら言った。

レンタカーの後部座席には、俺と結花、そして真ん中に女の子が座っている。

「くーちゃんも、あえてよかった！」

「……うん。お姉ちゃんも、また会えて嬉しいよ？」

「あれ？　おねえちゃん――なんか、げんきない？」

にこにこしていた女の子が、首を横に捻《ひね》りながら尋ねる。

ふっと横を見ると……トラブルが重なったせいか、不安とか緊張とか、そんな感情がない交ぜになったような顔をしてる結花がいた。

「……よーしよし」

そんな結花の頭に、手を伸ばすと――女の子は声を出しながら、結花の頭を撫《な》でた。

迷子になっていたとき……結花がそうしてあげたように。

「げんきだして、おねえちゃん！」

「……うん、ありがとう。すっごく、元気が出たよ！」

そう言って結花は――パシンと、自分の両頰を軽く叩《たた》いた。

そして再び、瞳に気合いの炎を灯《とも》らせる結花。

「あ……らんむ先輩から、ＲＩＮＥだ」

そう呟いてスマホの画面を見ると、結花は小さく微笑《ほほえ》んで。

そこに表示されている、紫ノ宮《しのみや》らんむからのメッセージを、俺の方に見せてきた。

『鉢川さんから聞いたわ。大変なようね。けれど……貴方《あなた》は言ったことを、曲げる子じゃないでしょう？　会場で待ってるわよ、ゆうな』

それは、凄《すご》い圧を感じる言葉であるのと同時に。

和泉《いずみ》ゆうなという後輩を信頼して待っている──先輩からのエールでもあった。

「……本当にありがとう。遊くんのおかげで、私は自分を曲げずにいられた。だから諦めずに──この後も、絶対に頑張るね」

静かだけど、芯の通った声色でそう言ってから。

結花は俺の顔をじっと見つめると……満開の花みたいな笑みを浮かべた。

「『恋する死神』さんは、やっぱり『神様』だったね？　いつだって私を、明るい世界に連れていってくれる」

「……俺はそんな、たいそうな存在じゃないって。結花はいつだって、自分で輝いてて。そんな結花のおかげで、今の俺はいるんだから」

「それだったら……今の私がいるのだって、遊くんのおかげじゃんよ」

――ありがとう、大好きな遊くん。

そんな結花の呟《つぶや》きが、俺の耳に心地よく響き渡った。

俺が結花にしてあげられてることなんて……本当にたいしたことじゃないと思うけど。

結花が笑顔でいられるんだったら――なんでもいっか。

◆

女の子の家族に、インストアライブの会場近くまで送ってもらった後。

俺と結花は急いで、会場の裏手に向かって走っていった。

「――ゆうな！　遊一《ゆういち》くん‼」

すると……事前にＲＩＮＥを入れておいた鉢川さんが、俺たちの方に駆け寄ってくる。

「鉢川さん、車は大丈夫ですか？」

「うん、そっちの方は業者を手配して、どうにかしたから。二人とも……ごめんね。私が最後に失敗しちゃったから、大変だったよね……」

「いえ、むしろ……私の方こそごめんなさい！　いっぱい無理言っちゃって、結局ご迷惑を掛けちゃいました‼」

謝罪の言葉をきっぱり述べて、結花は深く頭を下げた。

そんな結花の肩をポンポンッと叩くと、鉢川さんは穏やかな声色で尋ねる。

「……迷惑なんて、いくら掛けたってかまわないよ。だってわたしは、マネージャーだからね。それより、ゆうな――今日のライブは、うまくやれそう？」

「はいっ！　今日の私なら、なんだか……最高のライブに、できる気がします‼」

そう言って笑う結花の表情は……さっき車中で見た、不安と緊張が入り交じったものとは全然違って。

いつも以上に明るくて眩《まぶ》しい――最高の笑顔だった。

「それじゃあ、遊くん。私……準備に行ってくるね」

「うん、頑張って。応援してるよ」

そして結花は――鉢川さんと一緒に、準備へと向かっていった。

そんな後ろ姿を見送り終えてから、インストアライブの会場裏で一人になった俺は……ひとまず二原《にはら》さんにＲＩＮＥを送る。

『二原さん、そっちは大丈夫？』

『もっちろん！　なんかトラブル？　時間掛かってんねー。でもまぁ……こっちはへーきだからっ！　佐方《さかた》は、結《ゆう》ちゃんのサポートを頑張って‼』

……相変わらず、頼りになる友達だな。ありがとう、二原さん。

俺はホッと胸を撫で下ろしてから――ぼんやりと会場を仰ぎ見た。

ここで『ゆらゆら★革命』が……和泉ゆうなが、ライブをするんだな。

チケットもないし、俺は観に行けないけど――頑張って。

応援してるからね、いつだって。

そんな風に、心の中で推しキャラの声優にエールを送ると……『恋する死神』は、会場に背を向けて通りの方へと歩き出した。

「――貴方が、ゆうなの『弟』さんね？」

その背中に……驚くほど澄んだ声色で、話し掛けてくる女性がいた。

思わず振り返った、その先にいたのは。

「紫ノ宮、らんむ……ちゃん」

「私の名前を、知っていてくれたのね。ありがたく思うわ、『弟』さん？」

冷静な口調でそう言うと、ゆっくりこちらへ歩いてくる――紫ノ宮らんむ。

腰まで届く、紫色のロングヘアを揺らして。

「逢《あ》えて良かったわ。裏手側にいてくれたおかげね。表側だったら、ライブ前にファンのみんなに見つかるわけにはいかないから……こうして出て来られなかったと思うわ」

淡々とそう告げて、紫ノ宮らんむは妖艶《ようえん》に微笑んだ。

今回のユニット用に新調された、胸元を大きく露出させたノースリーブのトップスと、煌びやかなスカート。そして、二の腕まで覆う長さのアームカバー。

紫を基調とした衣装の中で、唯一――赤い色をしている首元のチョーカーが、まるで炎のように揺れている。

「……よく、俺が『弟』だって分かりましたね」

「ゆうなの妹さんも、そうだったけれど――みんな『演技』が、上手じゃないの。私だったら、どんなイレギュラーがあろうと……『演技』を崩したりしないわ。決して、ね」

感情の読めない調子で、そう告げると。

紫ノ宮らんむは――小さくおじぎをした。

「まずは御礼を言わせてもらうわ。ゆうなも頑張ったのだろうけど、貴方の手助けもあったのでしょう？　このライブに穴が空かなかったこと――感謝するわ」

「……俺は別に、たいしたことはしてないですよ。頑張ってるのは、いつだって——ゆうな自身ですから」

「謙虚なのね、貴方は」

何がおかしいのか、紫ノ宮らんむは苦笑するように表情を緩めた。

そして、その吸い込まれそうなほど澄んだ瞳で——俺のことを見つめる。

「……ひとつだけ、尋ねてもいいかしら？　貴方にとって、『和泉ゆうな』は——どんな存在なの？」

——どこまで察しているんだろう、この人は？

分からないけど、なんだかこの人には……素直に伝えないといけないような。

そんな奇妙な感覚を覚えて——俺は真摯に、その質問に応じた。

「そうですね。敢《あ》えて言うなら——『大切な存在』、ですね」

「……大切な、存在」

ほんの一瞬だけど。

紫ノ宮らんむの瞳が——揺らいだような気がした。

だけどすぐに、いつもどおりの表情に戻ると。

「それは、和泉ゆうなとしての話？　それとも……もっと大きな意味での話かしら？」

「『和泉ゆうな』として……だけじゃないです。日常の彼女も、全部ひっくるめて大切だと、そう思います。いつも支えてもらってばかりですから——少しでも、支えてあげられたらって。答えになってますか？」

「…………」

紫ノ宮らんむは、何かを言い掛けて——言葉を発することなく、口をキュッと噤《つぐ》んだ。

そして、急にこちらに背を向けると。

「——その答えで、十分よ。『弟』さん」

そして会場の裏口へと歩みを進めながら、紫ノ宮らんむはぽつりと言った。

「そうだ……スタッフには、私から上手《うま》く説明しておくから。貴方も私たちのライブを、観《み》ていかない？」

「え？」

なんだか紫ノ宮らんむが——笑ったような気がした。

こちらを振り向くことは、もうなかったけれど。

「貴方がいたから、今日の舞台は成立したわ。ありがとう。そんな貴方だからこそ——今日の舞台を見届ける、権利があると思う。良かったら……その目に焼きつけて帰るといいわ。私とゆうなが織りなす——最高のステージをね」

紫ノ宮らんむの姿が見えなくなるまで、俺はその場を動くことができなかった。

それから、ちらっと腕時計を見てから——スマホを取り出すと。

二原さんに謝罪のＲＩＮＥを、送付した。

『ごめん、二原さん。もうしばらく、時間が掛かりそうだから……そっちは、よろしくお願いするね』

和泉ゆうなと紫ノ宮らんむのユニット——『ゆらゆら★革命』。

そのステージが、いよいよ……はじまる。

☆和泉《いずみ》ゆうなは、紫ノ宮《しのみや》らんむに憧れて☆

……私は舞台裏に立って、ギュッと胸元で手を組むと。
すうっと——深く息を吸い込んだ。
目を瞑《つぶ》っただけだと、まだ私の心は……ゆうなの服装をしただけの、綿苗結花《わたなえゆうか》。
でも、カチッとスイッチを切り替えたら——私は綿苗結花から、和泉ゆうなになる。

「……よしっ！」

ピンク色のチュニック、チェックのミニスカート、それから黒のニーハイソックス。
服装だけじゃなくって、頭頂部でツインテールに結った茶髪のウィッグもかぶって——
私は、ゆうなになってる。
コンタクトレンズを入れてるから、眼鏡がなくても視力はばっちり。
肩の力を抜いて、ゆうなみたいに……にっこり笑ってみた。
大丈夫——遊《ゆう》くんのおかげで、すっごく自然に笑えてる気がするもん。

「――ゆうな。そろそろね」

「わっ⁉」

急に後ろからポンッて肩を叩《たた》かれたから……び、びっくりしちゃいましたよ⁉
音もなく来るのはやめてくださいよぉ、らんむ先輩。

「修学旅行と、ライブの両立。成し遂げられたみたいね」

「まだですよ。ライブが終わるまで、成し遂げたなんて言えないですもん」

「……ふふっ。確かに、それもそうね」

あ。らんむ先輩が笑ってる！
こんな風に笑ってるらんむ先輩、あんまり見たことないかも……何かいいこと、あったのかな？

「ゆうな。私はね、貴方《あなた》には才能があると思っている。私はお世辞とか得意じゃないから……これは本心よ」

「え？　あ、ありがとうございますっ！　らんむ先輩に、そんな風に言われると……ちょっと恐縮しちゃいますね……」

なんか気恥ずかしくって、頭の後ろに片手を回して、もじもじしちゃう私。

そんな私を、らんむ先輩はまっすぐな瞳で見つめてる。

「──前に、真伽《まとぎ》ケイの話をしたのは、覚えているかしら？」

「はい。らんむ先輩が憧れてる、元トップモデルで、『60Ｐプロダクション』の創立メンバーの一人……ですよね？」

「ええ。彼女の信条──『トップに立つということは、自分のすべてを捨てる覚悟を持ち、人生のすべてを捧《ささ》げること』。それを初めて聞いたときね、私は……素直に凄《すご》いなって思ったわ。だから私は、彼女みたいに──自分を捨ててでも、夢のために何かを犠牲にしても戦い続けるって。そう誓って、今……ここにいる」

すっごくそれ、らんむ先輩っぽい考えですよね。

素直に格好いいなって思います。

私には逆立ちしても、真似《まね》できる生き方じゃないですけど……。

「だけど、ゆうな。貴方は違うのね。すべてを捨てるのではなく、大切なものをすべて抱えて──輝こうとしている」

「……どうなんでしょう？　私って、具体的な言葉にできるほど、信条とか考えたことなくって」

自分で言ってて、笑っちゃった。

らんむ先輩から見たら、「甘い！」って思っちゃいますよね。

だけど——それが私なんだから、仕方ないじゃんね？

「でも……ぼんやりとした言葉になっちゃいますけど。私も、私のファンも、私の大切な人たちも……みーんな、笑っていられる毎日だったらいいなって。そんな笑顔を、少しでも増やせるように頑張りたいなって——そんな風には、思ってます」

「……貴方の生き方は、私とはまるで違うけど。貴方は——貴方の信じた道を行けばいいわ。その答えが、どんな結果をもたらすのかは、分からないけれど」

でもね……と。

らんむ先輩は前置きをしてから——まるで宣戦布告みたいに、言ったんです。

「貴方がどんな道を歩もうと。私は必ず、貴方の上を行く。真伽ケイのように生きると誓った以上——私は誰よりも、高みにのぼってみせるから」

……私はいつも、らんむ先輩って凄いなって思ってます。

らんむ先輩みたいに輝きたいなって、憧れてるんです。本当に。

けど——私は、らんむ先輩じゃないから。

憧れてるし、尊敬してますけど……らんむ先輩になりたいわけじゃないんです。

私は、私らしく。頑張ります。

少しでも――らんむ先輩に、追いつけるように。


「さぁ、そろそろ開幕よ。それじゃあ、ゆうな――今日は一緒に、輝きましょう」

「……はい！　らんむ先輩‼」

そして私は、らんむ先輩の差し出した手の上に、すっと手を乗せて。

二人で掛け声を上げると――天に向かって、その手をかかげました。

「『ゆらゆら★革命』――ステージスタート‼」

それじゃあ遊くん……応援しててね？
これから私――輝いてくるから。

第19話　俺の許嫁《いいなずけ》になった地味子、声優になったら輝きしかない

『おっけー。今日のとこは、うちに任せといて！　御礼《おれい》として、今度うちにも日焼け止めクリームを塗ってよねー』

なんでだよ。

その御礼のリクエスト、本当に意味が分かんないんだけど。

でも……今日色々やってくれてるのは、本当にありがとうね。二原《にはら》さん。

そんなことを考えつつ、俺はスマホの電源を切って、顔を上げた。

『ゆらゆら★革命』のファーストシングル、その発売記念として順次開催中の――五地域でのインストアライブ。

今日はその第二回……沖縄公演だ。

インストアライブなので、そこまで大人数の会場じゃないけれど、スタンド席はぎゅうぎゅう詰めになっている。

サイリウムを持って『アリステ』Tシャツを着た同志たちが、期待に満《み》ち溢《あふ》れた顔で開演を待ちわびている。

……参加できるって分かってたら、俺もサイリウム持ってきたのにな。

なんて――スタンド席に交じった俺は、ふぅとため息を吐《つ》いた。

まぁ、予定外のライブ参加だから準備が不十分なのは心残りだけど……正直、紫ノ宮《しのみや》らんむには感謝している。

だって、本当は参加できなかったはずの沖縄公演を、この目で観《み》られるんだから。

これ以上の幸せは――『恋する死神』にはない。

そのとき、ふいに――会場の照明が暗くなった。

同志たちが奇声にも似た声援を、まだ誰もいないステージに向かって送りはじめる。

サイリウムはないけれど、俺は拳を振り上げて、その流れに続く。

「――『ラブアイドルドリーム！　アリスステージ☆』。ここにいる全員が、『アリステ』を愛してるって解釈で……いいのかしら？」

「もちろんですよ、らんむ先輩！　この会場のみーんなが、『アリステ』のこと大好きなんですよっ!!」

「可愛いいいい！」「らんむ様ああああ！」「ゆうなちゃぁぁぁん‼」──なんて、会場のみんなと一緒に絶叫する。

「でも今日は、『アリステ』の中でも、私とゆうなしかいないのね」

「そうですよ。だって今日は──私とらんむ先輩のユニットとして、この沖縄会場までライブをお届けに来てるんですからっ！」

「そう……私が高みに向かって飛び上がる、その大きな一歩となるステージに、きっとなるわね」

「ちょっと待ってください⁉　ハードル、ハードルが高すぎますから‼」

会場中からドッと、笑いの渦が巻き起こる。

俺もその空気に当てられて──声を出して笑ってしまう。

頑張ってね、ゆうなちゃん……俺はずっと、ここで見守ってるよ。

「それじゃあそろそろ行くわよ。ゆうな──覚悟を決めて、ステージに立ちなさい」

「うぅ……もぉ、らんむ先輩ってば。そんなに言われたら、お腹《なか》痛くなっちゃいますよ」

「『ラブアイドルドリーム！　アリスステージ☆』――新ユニット『ゆらゆら★革命』、インストアライブ！　ｉｎ沖縄‼」」

二人の声がハモったかと思うと、ステージ上に二人の天使が舞い降りた。

「皆さん、こんにちアリス。らんむ役の、紫ノ宮らんむです」

紫色のロングヘアを翻《ひるがえ》し、紫を基調としたセクシーな衣装を身に纏《まと》って……紫ノ宮らんむは、深々とおじぎした。

「みっなさーん！　こんにちアリスー‼　ゆうな役を務めてます、和泉《いずみ》ゆうなです。よろしくお願いしますっ！」

茶髪のツインテールを揺らしながら、ピンクのチュニックというキュートな衣装に身を包み……和泉ゆうなは、元気いっぱいに右手をかかげて挨拶した。

「「そして、私たちは――『ゆらゆら★革命』です」」

再び二人で声を合わせて、紫ノ宮らんむと和泉ゆうなは、ユニット名を紹介した。

あちこちから「ゆらゆらー！」「俺も革命してくれー‼」なんて声が聞こえてくる。

「このユニットは、もともとはラジオからスタートしたのよね」

「はい！　私とらんむ先輩の掛け合いが、ネットで話題沸騰して‼　そのまま、ぐつぐつと……今回のユニット企画に煮込まれたそうですっ！」

「……上手《うま》いことを言ったつもりなの？　貴方《あなた》、そういう発言をするときは、変に度胸があるわよね。ある意味、感心するけれど」

「えへへー……まぁ、そういう私のはちゃめちゃ発言？　って自分で言うのもなんですけど、そこからはじまった企画ですし。今後も楽しいお話を、お届けしていきますよー‼」

「めちゃくちゃ発言……ね。そういえば昨日、掘田《ほった》さんから『二人とも発言には気を付けなさいよ』と、真面目なトーンで指摘を受けたわ」


――――あれ？

なんかいつもの『アリラジ』に比べて、二人の会話のテンポが噛《か》み合《あ》ってる気がする。

面白いんだけど、掘田でるがいないと放送事故一歩手前な感じの、普段の雰囲気とは違って……なんだか和やかな感じというか。

ただの個人的な感想だけど。

二人の息が合ってきた証拠なんじゃないかなって……そんな風に思う。

「ってわけで！　そろそろライブの時間ですよ、らんむ先輩‼」

「そうね。ライブでやるのは大阪公演に続いて、二回目。前回以上に……盛り上がることを期待しているわ」

「だーかーら、ハードル上げないでくださいって！　私、『ゆらゆら★革命』の前はライブなんて、ほとんど出たことないんですから……すっごく緊張してるんですよ⁉」

「そう。じゃあ、そうね……緊張しないで、盛り上げましょう」

「それも無茶振りですよ、らんむ先輩⁉」

「……それじゃあ、ライブをはじめるわよ。聴いてください、『ゆらゆら★革命』で」

「「──『ドリーミング・リボン』」」

◆

控えめに言って、『ゆらゆら★革命』の歌声は……この世の奇跡だった。

紫ノ宮らんむの力強くクールな歌声と、和泉ゆうなの可愛《かわい》くて明るい歌声――そのパーフェクトハーモニー。

耳が浄化されていく……身体《からだ》がとろけてしまいそう。

それだけじゃない。

二人のパフォーマンスも、相当なものだ。

ライブ慣れしている紫ノ宮らんむに比べると、キレ具合は劣るかもしれないけど。

二人の呼吸がぴったり合っているからか――ダンスがずれることはなくって。

まるで掛け合いながら、物語を紡《つむ》いでいるように。

二人が歌いながら踊り、『ドリーミング・リボン』の世界を築き上げていく。

「……ゆうなちゃんだ」

その光景は、大げさじゃなく。

ゆうなちゃんとらんむちゃんが、三次元の世界に降臨したんじゃないかってほど……完璧にキャラと声優がシンクロしていた。

なんだかよく分かんないけど、自分の目頭が熱くなるのを感じて――俺は慌てて目元を拭った。

ステージに立った瞬間から、俺が結花《ゆうか》にしてあげられることは何もない。
そもそも普段から、結花はいつだって自分の力で頑張っている。
今回のライブだって、大声を上げて会場に向かう車に止まってもらったことくらいしか
――俺が頑張ったことなんて、思いつきやしない。

だけど……紫ノ宮らんむと話して、少しだけ気付いたことがある。


本当に些細《ささい》なことだけど。

たいそうなことではないんだけど。

疲れてる結花に「お疲れさま」って伝えたり。

頑張ってる結花に「無理しすぎないようにね」って伝えたり。

たまに頭を撫《な》でてみたり。

休みの日は、一緒にTVを観たり、買い物に出掛けてみたり。

そうやって、当たり前みたいに結花と過ごす毎日は、かけがえのない当たり前の日常は、
少しくらい結花の支えに――なってるのかも、しれないなって。

だって俺にとっても……この当たり前みたいな毎日は、傷ついて立ち止まってた過去から踏み出すための、支えになってるって感じるから。

──出逢《であ》う前から、二人はそうやって……支えあってきたんだね。

鉢川《はちかわ》さんに前に言われた、そんな言葉を思い出す。

俺は落ち込んでいた時期に、ゆうなちゃんの存在によって救われた。

そして結花も……凹《へこ》みながら頑張っていた時期に、『恋する死神』の存在によって救われた、らしい。

だったら──出逢う前も。出逢ってからも。これからも。

そうやって支えあいながら、なんとなく楽しい日々を過ごせていけたらいいなって。

もしかしたら、それが……『夫婦』なのかもなって。

そんな風に、思ったんだ。

「────」

一瞬、和泉ゆうなと俺の視線が、バチッと合った。

絶対に俺がいるって気付いたと思うけど——彼女は動揺せず、すぐに会場中を見渡した。

——俺を特別扱いしなかった。

未来の『夫』だからとか、『恋する死神』だからとか、そういうことで優遇しなかった。

そのことが、俺は——堪《たま》らなく嬉《うれ》しかったんだ。

ちゃんと結花が、和泉ゆうなとして、プロの声優として……ファンすべてを大切にしてるんだって。そう実感できたから。

そんな君だからこそ……俺はこれからも、応援し続けられるんだ。

ありがとう、ゆうなちゃん——いつだってみんなを、笑顔にしてくれて。

◆

「——以上、『ゆらゆら★革命』で」

「『ドリーミング・リボン』でしたっ！」

肩で息をしながら、順番に話す二人を見て——俺はパチパチパチと、会場中に響くくらいの拍手を送った。

俺以外のファンの人たちも、割れんばかりの拍手を、二人に向かって届けている。

そんな会場を、紫ノ宮らんむは……珍しく微笑《ほほえ》みながら見て。

「……ありがとう。今後とも『ゆらゆら★革命』を、よろしくお願いするわね」

そして、紫ノ宮らんむが──微笑を湛《たた》えたまま、和泉ゆうなを見た。

その視線に気付くと、彼女は……会場に向かって笑い掛けた。

そこにいるのは──今まで見たどんな『綿苗結花《わたなえゆうか》』とも。

画面越しにいつも見ている、『和泉ゆうな』とも。

彼女が演じる『ゆうな』ちゃんとも違う。

……そのすべてが混じり合った、また違う『結花』のように見えた。

「今日はとっても楽しかったです！　これからも『ゆらゆら★革命』として、すーっごく頑張るから……みんながいっぱい笑ってくれたら、嬉しいですっ‼」

そう言って、ステージの上で花のように笑う結花の姿は。

言葉にならないくらいに──素敵だった。

第20話　【超絶朗報】俺の許嫁《いいなずけ》と、最後の沖縄の夜に……

インストアライブが無事終了して、修学旅行に戻ってきた俺と結花《ゆうか》だけど――びっくりするほど、誰からも怪しまれることはなかった。

さすがは二原《にはら》さん。どう誤魔化したのか、さっぱり分かんないけど。

「はぁぁ……ライブ行きたかったなぁ、遊一《ゆういち》ぃぃぃ……」

夕飯を食べながら、大きなため息を漏らすマサ。ごめんな……俺だけ観に行って。

「ねぇねぇ、この魚おいしくないー？」

「分かるー。これ、食べたことないくらい、最高じゃんー？」

「……わぁ、ほんとだ！　やっぱり沖縄の料理って、すごくおいしいよね‼」

雑談を交わしあってたクラスの女子たちの輪に、急にカットインした結花。

いつになくお喋《しゃべ》りな結花のテンションに、びっくりしたように目を丸くする女子たち。

多分、ライブのテンションが覚めやらぬまま、つい素が出ちゃったんだろうな。

そんな自分に気付いたらしい――結花は恥ずかしくなったのか、さっと俯《うつむ》くと、いつものクールな口調で呟《つぶや》いた。

「……おいしすぎて、取り乱したわ」

――明日の昼前には、空港に行って沖縄を発《た》つ。

四泊五日なんて長いなって思ってたけど……いざ来てみたら、あっという間だったな。

「わぁ……夜の海って、なんか神秘的だね。一人だったら怖いかもだけど……えへへっ。遊《ゆう》くんがいるから、全然へっちゃら！」

そんな、沖縄の最後の夜。

俺と結花は二人っきりで――ひとけのない夜の海辺を、手を繋《つな》いで歩いていた。

二原さんが「修学旅行の最後は、カップルで夜デートが鉄板っしょ！」とか言って、またま融通を利《き》かせてくれたんだよね。本当にお節介で……頼りになる友達だよ。

「ねぇねぇ、ちょっと海の近くまで行ってもいい？　手を離しちゃ、だめだよ？」

「離さないって。こんなに暗いんだもの、近くにいなきゃ危ないでしょ」

「……うん。でも私は、暗くなくっても、遊くんが近くにいた方がいいな？」

――そういうの、不意打ちで言わないの。

なんかシチュエーションも相まって、ドキッとしちゃうから。

そして結花は、海辺に近づくと、靴と靴下を脱いで。

爪先だけ海に入れて、ばしゃばしゃって……楽しそうにはしゃぎ出す。

「本当に、楽しい修学旅行だったなぁ……」

「そうだね。俺もこの修学旅行は――きっと一生、忘れないと思うよ」

それから俺たちは、浜辺に座って。

さざ波の音を聞きながら、心地よい夜風に身を任せていた。

「でもまさか、遊くんがライブに来てるなんて……びっくりしちゃったよ。らんむ先輩……遊くんのこと、本当の弟じゃないって、きっと気付いちゃったよね？」

「うーん……多分、会う前から、本当の弟じゃないことは分かってた気がするよ。なんだか底知れないオーラを感じる人だったな――紫ノ宮《しのみや》らんむは。

「……私ね、らんむ先輩のこと、すっごく尊敬してるし、本当に……憧れてるんだ」

座ったまま、俺の肩にこつんと寄りかかって。

結花は呟くみたいに言った。

「だけどね。私は……らんむ先輩みたいには生きられない。声優だって一生懸命頑張りたいけど、遊くんのことも大好きだし、桃《もも》ちゃんも大好き。那由《なゆ》ちゃんや勇海《いさみ》のことも大好きで――どれかひとつなんて、選べないんだ。わがままかもだけど」

「……ううん。別にそれだって、間違った考えじゃないよ」

すべてを捨てて頂点を目指そうとする紫ノ宮らんむは、すごい覚悟だって思うけど。

自分の大好きなものを、全部大切にするって決意してる和泉《いずみ》ゆうな——結花だって、十分すごい覚悟なんじゃないかな。

「紫ノ宮らんむは、憧れのトップモデルを目標に、声優やアイドルを極めるためにストイックに生きるって誓った。和泉ゆうなは、家族もファンも友達もひっくるめて、みんなが笑顔になれるように頑張るって誓った。考え方は違うけど……どっちも間違ってないんじゃないかな？」

「あははっ。らんむ先輩と並べられるほどじゃないけどね？　私なんかまだまだ……」

「——結花が、どう感じようと。俺は……ゆうなちゃんに『恋する死神』だから」

俺はそう言いきると、隣に座ってる結花の目を——まっすぐに見つめた。

「どんなときだって、結花の選択を応援する。それだけは絶対に……変わらないから」

「う、うん……ありがと」

照れたように下を向いて、足先でもじもじと砂をいじりはじめる結花。

なんか、ちっちゃな子どもみたいで……昼にあんな素敵なライブを成功に導いた声優と同一人物だなんて、嘘《うそ》みたいだ。

「はい、結花」

「――え？」

俺はさっと……結花の両手に収まるサイズの、包装された箱を手渡した。

結花はそれをきょとんと見てから――なんだかキラキラと瞳を輝かせはじめる。

「遊くん、開けてもいい？」

「う、うん……」

そんなに期待の籠もった目で見られると、ハードルが上がっちゃうんだけどな。

「あ……これ、私が欲しかったやつっ！」

箱の中身は――スノードーム。

ドーム状の透明な容器の中で、ピンク色のイルカのミニチュアが泳いでるやつだ。

「水族館のお土産物屋でさ、結花がじーっと見てたから……欲しいのかなって思って。ライブのお疲れさまプレゼントにしようって、買っておいたんだ」

「好き！　遊くん、大好き‼　えへへっ……うれしー、すきー……」

いやいや、そんなたいしたもんじゃないからね⁉

我ながらキザすぎたかなって……なんか恥ずかしくって、顔が熱くなってきた。

「じゃ、じゃあ結花……そろそろ旅館に戻ろっか？」

「え、やだ。もうちょっとプレゼントを堪能《たんのう》したいよー」

「え、ちょっ!? そんなに引っ張ったら――」

恥ずかしさのあまり、早く帰ろうと立ち上がった俺の服を――まだ帰りたくない結花が、ギュッと摑《つか》んだもんだから。

俺はバランスを崩してしまい……結花の方へと倒れ込んでしまう。

「――あう？」

「…………え？」

その結果――俺が結花に覆《おお》い被《かぶ》さる形で。

唇と唇が……触れ合ってしまった。

「ご、ごめん、結花!!」

俺は大慌てで結花から離れると、そのまま背を向けて、自分の唇に手を当てた。

や、柔らかくて温かい感触が……まだ残ってる。

「遊くん……」

その声を聞いて、俺がパッと後ろを振り返ると。

——砂浜の上で、女の子座りの体勢になった結花は。

自分の唇に、人差し指を名残惜しそうに当てて。

ちょっとだけ目を細めて……俺のことを、上目遣いに見ていた。

「遊くんってば、大胆……でも、きもちかった……」

「い、いや、えっと！　今のは事故！　事故だから‼」

「じゃあ……もう一回、事故しよっ？」

「なに言ってんの⁉　事故って、そんな約束して起こすもんじゃないよね⁉」

——夜の海辺で、こんな恥ずかしいやり取りをした、高校二年の修学旅行も。

きっといつか、二人で思い返したときには。

スノードームみたいにキラキラした想い出《おもで》になってたらいいなって——そんな風に、思ったんだ。

☆綿苗結花《わたなえゆうか》は、ホワイトクリスマスに憧れて☆

『――結花。そんな無茶をして、怪我《けが》でもしたらどうするつもりだったの？　遊《ゆう》にいさんがいたからよかったけど、結花だけだったら大惨事じゃないかな？　結花はもう少し、自分の子どもっぽさを自覚して――』

「うっさい！　勇海《いさみ》の、ばーか‼」

さすがにムカッとしたから、ＲＩＮＥ電話を、強制終了してやったもんねーだ。

なによ。修学旅行もインストアライブも、頑張ったよって教えてあげたのに。

人を子ども扱いして……むぅ、私の方がお姉ちゃんなのにぃ。

リビングのソファにうつ伏せになって、脚をばたばたさせる私。

そしたら――ＲＩＮＥが届いたって知らせるポップアップが、スマホに表示された。

あ……今度は那由《なゆ》ちゃんだ。

『結花ちゃん。修学旅行、楽しかった？　別にあたしは、沖縄とか羨ましくないし。結花ちゃんと兄さんが、いちゃつけたんならいいし』

――遊くんと一緒に、旅行に行きたかったんだね那由ちゃん。

相変わらず、遊くんに対して素直じゃないんだから。えへへっ……可愛《かわい》い義理の妹ですよ、那由ちゃんは。

そうやって一人でにやにや笑ってたら――今度はRINE電話がかかってきた。

……久留実《くるみ》さんだ。

『ゆうな、お疲れさま。無事、家には着いた？』

「はい！　ちょっと前に帰ってきて、先に遊くんがお風呂《ふろ》入ってるとこです‼」

『そっか……修学旅行とライブの両立、大変だったでしょ？　次のインストアライブまで少し間があるから、ゆっくり休んでね？』

「はい、ゆっくり休みます！　でも私――すっごく元気ですよ‼」

『うん、それは声の感じで分かるけど……そんなにはしゃいで、なんか楽しいことでもあった？』

「えへへー……聞きたいですかー？」

『……絶対それ、のろけ話でしょ？　オフのときなら詳しく聞きたいところだけど、今日はまだこの後、打ち合わせがあるから……また今度ね」

「これからお仕事ですか⁉　遅くまで、本当にお疲れさまです……いつもありがとうございます、久留実さん！」

久留実さんとのRINE電話を終えて、私は今度はごろんって、ソファに仰向けに寝転んだ。

だってもう、二十時過ぎてるんだよ？　それなのに、これから打ち合わせ……久留実さん、身体《からだ》壊さないように気を付けてくださいね。

……………あ、そういえば。

あと一か月くらいで、クリスマスじゃん！

大好きな人と過ごす、初めてのクリスマス――うわぁ、なんだかロマンチック。

遊くんと同棲《どうせい》するまで、男の人と付き合ったことなんてなかったから……すっごいドキドキしてきちゃった。まだ一か月も先なのにね。

沖縄は、海に行くのが楽しみだったから、暖かい方がよかったけど。

――来月には、めちゃくちゃ寒くなっててほしいなぁ。

ちょっと少女マンガの読みすぎかもだけど、私が人生で初めて、大好きな人と過ごすクリスマスだから。

せっかくだったら……ホワイトクリスマスになったらいいなって。
それで、遊くんが忘れられないクリスマスを――計画してみせるんだから！
……きっとこういう夢見がちなところを、勇海は「子どもっぽい」って言うんだよね。
分かってるけど、仕方ないじゃんよー……むぅ。

「――結花。お風呂、空いたよ」

きゃー‼　リビングに、急に王子様みたいに素敵な人がー‼
それはそう……遊くんっ！
ただお風呂を上がっただけなのに、なんでこんなに色っぽいんだろ……好き。

うーん……子どもっぽいって自覚はしてるけど。
やっぱり私は、遊くんが忘れられない最高のホワイトクリスマスにしてやるぞーなんて
……ついつい、思っちゃうのでした。

あとがき

【朗報】ニコニコチャンネルで、ミュージックビデオの制作進行中！


いつも応援いただきありがとうございます、氷高悠《ひだかゆう》です。

皆さまに支えていただいたおかげで、『地味かわ』も遂《つい》に四巻！

冒頭のとおり、ニコニコチャンネルにて放送中の『伊東健人《いとうけんと》の「俺がMCすることになった番組、ラノベにMVつけるとか言ってるんだが⁉」』——その栄えある第一弾の作品として、『地味かわ』が選ばれました。

声優の『伊東健人』さまをはじめ、たくさんのサブMCやゲストの方に盛り上げてもらいながら……なんと！　人生初、ニコニコ生放送に出演しております‼

『家の裏でマンボウが死んでるP』さまに楽曲を提供していただき、氷高が作詞をして、『地味かわ』のミュージックビデオを制作するというプロジェクト……想像したこともなかった経験の数々に、恐縮するばかりです。

『地味かわ』を通じて、様々なクリエイターの方々とお会いできて、自分の世界が広がっていくのを感じます。プロとして初めての作詞で、もちろん緊張しますが――『地味かわ』の魅力が伝わる、素敵なミュージックビデオが作れたらと思います！

さて、四巻について。ネタバレを含むので、あとがきから読んでいる方はご注意を。

本巻では、結花《ゆうか》の『和泉《いずみ》ゆうな』としての顔が、大きく物語に関わってきます。マネージャー・鉢川久留実《はちかわくるみ》が初登場。そして、和泉ゆうなを語る上で欠かせない……紫ノ宮《しのみや》らんむも、本格的に物語に関わりはじめます。

高校生活最大のイベントである、修学旅行。

声優として大きな一歩となる、ユニットデビュー。

二つの大きな出来事の中で、結花は学校・家・声優と、様々な顔を覗《のぞ》かせつつ……『勇気』を持って前に進んでいきます。

遊一《ゆういち》と結花の甘々な日常と、その中で少しずつ成長していく『未来の夫婦』の物語。

笑顔で見守りつつ、楽しんでいただけましたら幸いです。

それでは謝辞になります。

たん旦《たん》さま。『勇気』をテーマに描いてくださった表紙、まさに四巻を象徴していて感激しました。らんむや久留実も「これ以外にない！」デザインに仕上げていただき、他にも多数の可愛《かわい》いしかないイラストを描いてくださり、本当にありがとうございます！

担当Tさま。ニコニコチャンネルでも共演していますが、本当に様々な場面でお世話になっております。一緒に仕事ができて嬉《うれ》しいです、今後ともよろしくお願いします‼

そして『月刊コミックアライブ』でコミカライズを担当してくださっている椀田《わんだ》くろさま。原作を活《い》かしつつ、マンガとして面白くて、しかも可愛いしかない――本当に素晴らしいコミカライズで、感謝しております。ありがとうございます！

本作の出版や発売に関わってくださった、すべての皆さま。

創作関係で繋《つな》がりのある皆さま。友人、先輩、後輩諸氏。家族。

そして、読者の皆さま。

皆さまの支えがあって、氷高はいつも笑顔で『地味かわ』に携われています。読んでくださった皆さまも、一緒に笑顔になれる作品であり続けられたら、本当に嬉しいです。

それではまた、次巻でお会いできるのを楽しみにしておりますね！

氷高悠

お便りはこちらまで

〒一〇二-八一七七
ファンタジア文庫編集部気付
氷高悠（様）宛
たん旦（様）宛

富士見ファンタジア文庫

【朗報《ろうほう》】俺《おれ》の許嫁《いいなずけ》になった地味子《じみこ》、家《いえ》では可愛《かわい》いしかない。4

令和4年1月20日　初版発行
令和4年3月25日　再版発行

著者――氷高《ひだか》 悠《ゆう》

発行者――青柳昌行
発　行――株式会社KADOKAWA
〒102-8177
東京都千代田区富士見2-13-3
0570-002-301（ナビダイヤル）
印刷所――株式会社KADOKAWA
製本所――株式会社KADOKAWA

ISBN978-4-04-074398-1 C0193　◆◇◇

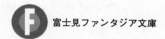

切り拓け！キミだけの王道
ファンタジア大賞
原稿募集中！
賞金
《大賞》300万円
《金賞》50万円
《銀賞》30万円
選考委員
細音啓 「キミと僕の最後の戦場、あるいは世界が始まる聖戦」
橘公司 「デート・ア・ライブ」
羊太郎 「ロクでなし魔術講師と禁忌教典《アカシックレコード》」
ファンタジア文庫編集長
前期締切 8月末日
後期締切 2月末日
公式サイトはこちら！ https://www.fantasiataisho.com/
イラスト／つなこ、猫鍋蒼、三嶋くろね